Ulrich Gilga

Die Hand des Werwolfs

Ulrich Gilga

Die Hand des Werwolfs
Isaac Kane Band Nr. 1

Inhalt

Bereits erschienen 6

Die Hand des Werwolfs 7

Isaac Kanes Leserseite 125

Vorschau 131

Zum Autor 133

Bereits erschienen

Ich freue mich, wenn Dir dieser Band gefällt. Hier ein Überblick über die bereits erschienenen oder vorbestellbaren Bände (eBook, Softcover, Hardcover, Hörbuch):

- Im Keller des Ghouls
- Die Hand des Werwolfs
- Die Rückkehr des Gehenkten
- Das Grauen aus dem Bild
- Hotel der Alpträume
- Die Zombie-Brigade
- Rache aus der Vergangenheit
- Die Vampir-Allianz
- Das Grauen schleicht durch Wien (Isaac Kane Sonderband Nr. 1 – Michael Blihall)
- Der gefallene Exorzist
- Wünsche, die der Teufel erfüllt
- Der Tod des Jägers – Teil 1
- Abstieg in die Dunkelheit – Teil 2
- Der vergessene Dämon
- TBD …

Die Hand des Werwolfs

1

Nur wenige Fackeln erhellten den langen Kerkergang, der sich vor dem dunkel gekleideten Mann erstreckte. Bizarre Schatten brachen sich an den Wänden, verzerrten und formten sich neu, wenn der Wind durch das alte Gemäuer fegte und die Flammen erzittern ließ.

Der Mann sah auf die Uhr. Noch war genug Zeit, seine Aufgabe zu erfüllen und sich rechtzeitig in Sicherheit zu bringen. Trotzdem war er nervös. Das unaufhörliche Keuchen und die Schreie, die aus der Zelle am Ende des Korridors drangen, wurden durch die alten Steine, aus denen der Gang vor vielen hundert Jahren erbaut worden war, verstärkt und irreal verzerrt.

Ohne sie eine Sekunde aus den Augen zu lassen, näherte sich der Mann der aus Eichenbalken gezimmerten Tür. Das Holz wies tiefe Rillen, Brandflecken und zwei Einschusslöcher auf. Wenn das die Vorderseite der Tür war, wollte er sich nicht vorstellen, wie die Rückseite aussah, geschweige denn, was sich dahinter verbarg. Trotz der Spuren machte die Tür einen mehr als soliden Eindruck, was den Mann aufatmen ließ. Außerdem hatte jemand über einem alten, großen Vorhängeschloss einen zusätzlichen Riegel angebracht, um die Tür zu verschließen.

Dennoch hielt der große, schlanke Mann seinen Colt M1911 fest umklammert, während er weiterging. Nicht, dass er Angst gehabt hätte, aber für den Fall, dass das, was hinter der Tür tobte, ausbrechen sollte, musste er vorbereitet sein.

Mehrmals blickte der Eindringling kurz zurück, um nicht bei seinem Vorhaben überrascht zu werden.

Unvermittelt traf ein harter Schlag die verschlossene Tür von innen, und der Mann zuckte zusammen. Mit der Eleganz langen Trainings riss er die Waffe hoch und hielt sie im Anschlag. Das unscheinbare Zittern seiner Hand überraschte ihn selbst. Hinter der kleinen vergitterten Luke, die in die schwere Tür eingelassen war, bewegte sich ein Schatten. Viel größer, als der Mann erwartet hatte. Hoffentlich war es nicht zu spät.

Als er sicher war, dass der Gefangene ihn nicht gesehen hatte, schlich der Mann weiter. Noch im Gehen steckte er die Waffe in den Holster unter seiner Jacke und ließ den mitgebrachten Rucksack vom Rücken gleiten. Ein schneller Zug an der oberen Lasche und er holte das mitgebrachte Multiwerkzeug heraus, an dem sich der Dietrich befand. Während er weiterging, fegte ein stärkerer Windstoß durch den Gang. Eine der beiden Fackeln erlosch neben der Tür, auf die der Mann zusteuerte. Lief er Gefahr, gesehen zu werden? Er hielt kurz inne.

Wieder schlug der Gefangene von innen gegen das dicke Holz und das Klirren des rostigen Schlosses erfüllte den Gang. Unter dem Lärm konnte der Mann ein anderes Geräusch wahrnehmen, wenn auch ein sehr leises. Es klang fast wie bei Pferden, die ihre Nüstern bewegten, um Gefahr zu wittern. Doch hier mischte sich eine andere Note darunter. Das Geräusch eines Raubtieres, das seine Beute ortet. Der Mann verharrte. Er wusste, wie gut die Sinne dessen waren, der sich hinter der Tür befand, und hielt den Atem an. Seine Lungen protestierten und Schweiß bildete sich auf seinem Körper, aber er wartete, bis der Gefangene in den hinteren

Teil der Zelle zurückkehrte. Der Mann atmete tief durch, zog ein Tuch aus der Jackentasche, wischte sich den Schweiß ab und steckte es wieder ein, bevor er zur Tür schlich.

Wichtig war, dass er genug Zeit hatte, aus dem Gang zu entkommen, wenn er seine Aufgabe erfüllt hatte. Leise richtete er sich auf und blickte durch die Luke in die Schwärze des Raumes. Die Gestalt lag zusammengekauert am Ende der Zelle. Eine Mischung aus Knurren und Hecheln drang aus dem Raum. Das Mondlicht fiel durch die dicken Gitterstäbe der roh gezimmerten Fensteröffnung auf den am Boden liegenden Körper. Es war noch nicht zu spät, aber er musste leise sein und sich beeilen.

Langsam, um kein Geräusch zu verursachen, bewegte der Mann den Riegel. Beinahe wären seine feuchten Hände abgerutscht. Auch seine Stirn war wieder schweißbedeckt. Er schaffte es gerade noch, den Riegel behutsam zur Seite zu ziehen, als seine Finger abglitten. Sein Herz schlug bis zum Hals. Er lauschte, aber in der Zelle rührte sich nichts. Die alte Tür war jetzt nur noch durch das Vorhängeschloss gesichert. Sobald es geöffnet war, musste er den Gang verlassen. Er schob den Dietrich in die Öffnung des Schlosses. Es klang in seinen Ohren, als würde eine rostige Tür über einen Kiesboden gezogen, so angespannt waren seine Nerven. Waren Geräusche aus der Zelle zu hören? Der Mann wollte sein Ohr an das Holz pressen, besann sich aber eines Besseren und lauschte aus der Entfernung. Nichts. Er drehte den Dietrich, und wieder begann es, in seinem Kopf zu quietschen, aber der Bügel des Schlosses öffnete sich lautlos. Ein dicker Schweißtropfen lief ihm über die Oberlippe und er leckte ihn ab. Auf keinen Fall wollte er, dass das Wesen hin-

ter der Tür hörte, wie der Tropfen auf den Boden fiel. Er
spürte den salzigen Geschmack auf seiner Zunge und mit
einem Mal überkam ihn eine Erinnerung aus seiner Kindheit. Das Salz der Tränen auf seiner Zunge, als sein bester
Freund mit seinen Eltern weggezogen war. Konzentrier
dich, rief sich der Mann ins Gedächtnis. Der Eindringling
steckte alles zusammen in die Tasche und zog die Waffe
wieder aus dem Holster. Das nächste Mal, wenn die Kreatur
in der Zelle gegen das Holz schlug, würde die Zellentür auf-
springen und das Eingesperrte in die Freiheit entlassen. Immer wieder wandte er sich der Zellentür zu, während er den
Weg zurückschlich, den er gekommen war. Er fröstelte, als
ihm wieder ein Windstoß über den schweißnassen Rücken
blies.

Gerade, als er das Ende des Ganges erreicht hatte, ließ ein
weiterer Schlag die Tür erzittern und sie schwang auf. Das
Holz krachte gegen die Wand des Verlieses und enthüllte die
Bestie, deren Verwandlung vollendet war. Ein lautes Brüllen
erfüllte den Gang und drang ihm bis tief ins Mark.

Das war schneller gegangen als gedacht!

Der Eindringling fluchte und rannte los, während hinter
ihm die Hölle losbrach.

2

Alfred Darr parkte seinen Wagen abseits der Straße, die an
Vincent Manor vorbeiführte. Als er ausstieg, blickte er auf
das alte steinerne Gemäuer, das den Hügel hinauf ragte und
wie erwartet in völliger Dunkelheit lag. Der Weg nach oben
war durch ein schmiedeeisernes Tor versperrt. Rechts und
links des Tores umgab eine mannshohe Mauer aus Bruch-

steinen das Grundstück. Der Mann wusste, dass er einige
Meter in den Wald neben dem Grundstück gehen musste,
um eine offene Stelle in der Mauer zu erreichen, durch die er
auf das Gelände gelangen konnte. Sorgfältige Planung war
alles. Und damit kannte er sich aus.

Darr hatte einen nicht unerheblichen Teil seines Lebens in
englischen Gefängnissen verbracht. Kein Wunder bei einem
professionellen Einbrecher und Hehler. Vor einer Woche,
an dem Tag, als Johannes Paul II. zum neuen Papst gewählt
wurde, beging er seinen fünfzigsten Geburtstag – den letzten hatte er noch im Gefängnis feiern müssen.

Nachdem Alfred in seiner Heimatstadt Nottingham einige
Jahre im Bergbau gearbeitet hatte, die ihm gesundheitlich
nicht gut getan hatten, entschied er bereits mit Mitte 20, dass
regelmäßige Arbeit nichts für ihn sei. Bestärkt wurde er in
dieser Ansicht durch seinen Onkel, der Besitzer eines Pubs
war, in dem die örtlichen Kriminellen regelmäßig verkehr-
ten. Dessen Wahlspruch, dass ›ehrliche Arbeit sich nicht loh-
ne‹, prägte Alfred. Erste Gelegenheitsjobs und die Erfahrung, mehr Geld zu verdienen, als sein Vater von der Zeche
nach Hause brachte, festigten die Entscheidung des jungen
Mannes. Als Darr zum ersten Mal verhaftet wurde, besuchte
ihn sein Vater im Gefängnis. Falls Alfred angenommen hätte, dass dieser ihm Trost spenden wollte, hatte er sich ge-
täuscht. Wenn die Wärter nicht gewesen wären, hätte ihn
sein Vater wahrscheinlich totgeschlagen! Er teilte Alfred mit,
dass er von nun an auf sich allein gestellt sei und dass er ihn
aus dem Haus prügeln würde, wenn er sich noch einmal blicken ließe. Der junge Mann wusste, dass seine Mutter das
nicht gutheißen würde, widersprach aber nicht. Ihr Leben
war hart genug mit diesem bigotten Ehemann, und Alfred

wollte es ihr nicht noch schwerer machen. Vielleicht würde er sie eines Tages heimlich besuchen, wenn sich die Gelegenheit ergab. Sein Vater hatte zu seinem Bruder schon immer ein kompliziertes Verhältnis gehabt, das völlig zum Erliegen kam, als sein Onkel sich an Alfreds Mutter heranmachte. Als Darrs Vater davon erfuhr, schoss er mit einer alten Armeewaffe auf den Bruder. So jedenfalls erzählte es sich der Teil der Familie, der auf der Seite von Alfreds Vater war. Es gab aber auch andere Versionen. Alfred war es egal, welche davon stimmte.

Sein Onkel war zumindest umgänglich und steckte nicht in einem Korsett moralischer Zwänge, was es für Alfred angenehmer und leichter machte. So war es ihm ziemlich egal, wer mit wem anbandelte oder Geschäfte machte. Leider wusste auch die Polizei von den kriminellen Machenschaften im Pub und hatte alle bei einer Razzia hochgenommen. Alfred brauchte also einen neuen Plan für die Zeit nach seiner Entlassung und beschloss, seiner Heimatstadt den Rücken zu kehren, und nach London zu gehen. Niemand kannte ihn dort und er war sicher, in der Hauptstadt mehr Geld verdienen zu können. Im Laufe der Jahre machte er sich einen Namen in der Unterwelt und bei der Polizei, da er immer über Informationen und Verbindungen verfügte, um seine Beute zu Geld zu machen. Manchmal verpfiff er auch die Konkurrenz an die Bullen, um sich einen Vorteil zu verschaffen. Obwohl er häufig verhaftet wurde, erwischten sie ihn nie bei größeren Verbrechen und so gehörte er zu denen, die immer nur für kurze Zeit einsaßen, weil sie von der Überfüllung der englischen Gefängnisse profitierten. Man brauchte Platz für die Verbrecher, die zu wirklich langen Haftstrafen verurteilt worden waren. Zu einigen der Polizisten, die an seinen Verhaftungen beteiligt waren, pflegte er ein fast freundschaftliches und respektvolles Verhältnis.

Darr war ein kleiner, drahtiger Mann, dem schon früh die Haare ausgefallen waren. Seine Halbglatze und die Hornbrille gaben ihm das Aussehen eines harmlosen Buchhalters, doch aufmerksamen Beobachtern fielen meist seine kalten Augen auf, die ständig die Umgebung sondierten. Die Mundwinkel mit den schmalen Lippen waren immer etwas nach unten gezogen. Alfred hatte sich aus seiner Bergmannszeit ein Lungenleiden zugezogen, sein Atem war immer von einem leisen Rasseln begleitet. Bekleidet war er, wie immer, wenn er auf Raubzüge ging, mit einer dicken schwarzen Arbeitshose mit vielen Taschen und einem dunklen Kapuzenpullover, der seine Bewegungsfreiheit nicht einschränkte. Die dunklen Schuhe mit Gummisohlen waren wasserdicht und fast geräuschlos. Sein Werkzeug steckte in einer olivgrünen Segeltuchtasche, ein Überbleibsel aus der Militärzeit seines Vaters und das einzige Verbindungsstück zu seiner Familie.

Vor ein paar Tagen hatte Darrs Telefon geklingelt. Sein Partner, der sich stetig im Austausch mit dem Volk der Straße befand, bat um ein Treffen in einem nahen gelegenen Pub. Es gäbe einen Tipp für einen ›äußerst lukrativen Einbruch‹. Angeblich ohne Risiko, aber mit einem guten Ergebnis. Der Informant hatte von seinem Partner bereits die übliche Provision für den Tipp erhalten; Darr selbst würde den Mittelsmann nach erfolgreichem Abschluss bezahlen. Eine Vorgehensweise, die direkte Kontakte vermied und sich bewährt hatte.

Auf Vincent Manor, einem alten Anwesen etwas außerhalb der Stadt, sollten sich nach Angaben des Informanten in einem einfachen Safe verschiedene wertvolle und seltene Schmuckstücke befinden. Der Geldschrank sei von Profis sehr schnell zu knacken. Das Haus wäre am 23. Oktober leer, und ein geübter Einbrecher könne ohne große Mühe und Gefahr an den Schmuck gelangen. Um die Echtheit des Tipps zu beweisen, hatte der Informant, der sich als ehemaliger Angestellter des Hauses vorstellte, seinem Partner Fotos einiger Stücke mitgebracht, die Darr aufmerksam studierte. Besonders angetan hatte es ihm eine aufwendig gearbeitete Halskette mit Edelsteinen. Im Laufe der Zeit hatte er fast schon eine Expertise für Schmuck entwickelt, und dieses Stück schien eine Rarität des ausgehenden 19. Jahrhunderts zu sein. Wenn ihn nicht alles täuschte, hatte er das Collier schon einmal auf einem Bild der Manufaktur Asprey gesehen, die mehrfach für Ihre Majestät gearbeitet hatte. Er wusste also um den möglichen Wert dieses Schmuckstücks und musste es einfach haben.

Alfred holte die Segeltuchtasche mit dem Werkzeug aus dem Kofferraum. Der Wind frischte auf, brachte die feuchte Kühle des Herbstes mit sich, und ließ ihn frösteln. Mit zügigen Schritten überquerte er die leere Straße und ging an der rechten Seite des Grundstücks in den Wald hinein.

3

Auf dem Weg zur Mauer umging Darr einige Dornen und Sträucher, um keine unnötigen Geräusche zu verursachen. Nach wenigen Minuten hatte er die Lücke in den Steinen erreicht, die der Informant beschrieben hatte. Er schlüpfte durch sie hindurch in den Garten, wobei ihm seine geringe Körpergröße zugutekam. Geharkte Wege führten kreisförmig um das Haus herum. Der Kies knirschte leise unter Darrs Schritten, als er sich dem Haus näherte. Hüfthoch geschnittene Hecken und Sträucher ermöglichten es Alfred, das Haus gut im Blick zu behalten. Natürlich hätte man ihn im Mondlicht entdeckt, wenn jemand im Haus gewesen wäre und aus dem Fenster geschaut hätte, aber das Risiko ging er ein. Er vertraute seinen Informationen, dass das Haus leer wäre, und suchte den Nebeneingang.

Als er die Seitentür erreichte, hörte er Geräusche! Darr hielt inne und konzentrierte sich. War doch jemand im Haus? Aber das ganze Gebäude lag im Dunkeln vor ihm. Was hatte er also gehört? Da. Ein dumpfer Schlag, der durch eines der Kellerfenster nach draußen drang. Kurz darauf klapperte etwas Metallisches.

Darr kauerte sich hin und wartete. Wenn jemand im Haus war, erhöhte das die Gefahr, an den Schmuck zu kommen. Außerdem hatte Sir Frederic, der Hausherr von Vincent Manor, gute Beziehungen zur Politik und zur Polizei. Wenn er also hier erwischt wurde, konnte er sicher sein, dass sein nächster Gefängnisaufenthalt länger andauern würde. Was sollte er tun? Umkehren und die beste Chance aufgeben, die er bisher bekommen hatte, oder volles Risiko gehen und finanziell fast ausgesorgt haben? Normalerweise verließ sich Darr auf sein Bauchgefühl, aber diesmal spürte er nichts. Also gab er der Versuchung nach und schob alle Bedenken beiseite. Er stand wieder auf und ging auf das dunkle Gebäude zu. Als er nach dem Dietrich tastete, durchbrach ein krachendes Geräusch, gefolgt von einem tierischen Brüllen, die Nacht!

4

Alfred Darr erstarrte. So etwas hatte er noch nie gehört. Kalter Schweiß überzog seinen Körper, und er spürte, wie die Beine ihm den Dienst versagten, obwohl sein Kopf zur Flucht drängte. War irgendwo ein Bär ausgebrochen? Er musste hier weg, egal welche Beute er dabei aufgab. Konzentriert, um kein Geräusch zu überhören, zwang er sich, rückwärts zu gehen, ohne das Haus aus den Augen zu verlieren. Wieso hatte er keine Waffe dabei? Sein Innerstes schrie diese dumme Frage in sich hinein. Die Antwort lag schlicht auf der Hand: Die englische Justiz verstand bei Waffenbesitz noch weniger Spaß als bei Einbruch, und so hatte er schon vor langer Zeit entschieden, nie eine Waffe mit auf seine Raubzüge zu nehmen, um nicht in die Verlegenheit zu kommen, sie auf jemanden richten zu müssen.

Alfred setzte einen Fuß nach dem anderen zurück, bis er an eine Hecke stieß.

»Scheiße!«, zischte er leise und drehte sich um. Der Weg, den er gekommen war, lag still zu seiner Rechten. Hinter ihm ertönte ein ohrenbetäubendes Krachen, gefolgt von einem unterdrückten Schmerzensschrei und einem Keuchen, das viel zu nah klang!

Alfred rannte los, als ihn etwas Großes von der rechten Seite zu Boden riss. Ein starker Arm, bedeckt mit struppigem, stinkendem, schwarzem Fell schlang sich um seinen Hals, während sich Krallen tief in einen seiner Oberschenkel bohrten. Darr fiel zu Boden und verdrehte sich das Knie. Vor Schmerz schrie er auf, während er versuchte, weiter zu kriechen und den keuchenden und sabbernden Berg aus Zähnen und Fell abzuschütteln, der auf seinem Rücken lag, und ihm weiter den Atem raubte. Panisch zerrte er an dem Arm, der ihn wie ein Schraubstock umklammerte. Gedanken rasten durch sein Hirn, ohne dass er sie fassen konnte. Ihm wurde schwindelig und er sah Sterne vor seinen Augen, als er immer weniger Luft bekam.

Waren da nicht Stimmen? Kam jemand, um ihm zu helfen? Ein dunkler Schleier legte sich über die Augen des Einbrechers, und mit einem Mal fühlte er sich unbeschreiblich müde. Mit letzter Kraft tastete er nach der Wunde an seinem Bein. Kraftvoll pumpte sein Körper Unmengen von Blut aus ihm heraus. Was immer ihn erwischt hatte, musste eine wichtige Ader getroffen haben. Noch einmal hörte er das Brüllen und das Geräusch aufeinander schlagender Hauer direkt an seinem Ohr, als die Bestie von ihm weggezogen wurde. Etwas blitzte silbrig auf und ein schmerzerfülltes Jaulen zerriss die Nacht. Aus den Augenwinkeln nahm Alfred wahr, dass sie von drei Männern umringt waren, von denen einer eine Art Schwert in der Hand hielt. Darr versuchte, seine rechte Hand auszustrecken, um sich bemerkbar zu machen, aber sein Arm gehorchte ihm nicht. Er lag schlaff neben ihm, in einer grotesken Drehung, die ihm aber keine Schmerzen bereitete. Er fühlte die Nässe unter sich, und da er sich nicht erinnern konnte, während des Kampfes mit dem Ungeheuer seine Blase entleert zu haben, musste es das Blut sein, das mit steter Präzision seinen Körper verließ. Einer der Männer kam auf ihn zu, aber Alfreds Blick war so getrübt, dass er ihn nicht erkennen konnte. Er wollte noch etwas sagen, aber auch das verwehrte ihm sein geschundener Leib. In dem kurzen Moment, bevor er starb, konnte der Dieb wenigstens noch einen Blick auf die Bestie werfen, die ihn angegriffen hatte.

Vor ihm, auf dem von seinem Blut rot gefärbten Kiesweg, stand eine riesige Gestalt mit schwarzem Fell. Gelb unterlaufene Augen starrten ihn an und blieben an den beiden Fingern hängen, die einer der drei Männer der Bestie mit dem Schwert abgetrennt hatte und die neben dem Sterbenden auf dem Kies lagen. Das letzte, was Alfred Darr sah, bevor ihn ewige Dunkelheit umfing, war das in die Nacht fliehende Monster.

5

Die drei Männer hatten es eilig. Obwohl sie, wie bei jedem ihrer Einsätze, Vorkehrungen getroffen hatten, damit niemand im Haus etwas mitbekam, gab es immer wieder unvorhergesehene Zwischenfälle. Der Anführer der drei säuberte das Kurzschwert vom Blut der Kreatur. Währenddessen legten die beiden anderen Männer den Körper des Einbrechers in einen Leichensack. Unten an der Straße wartete bereits ein weiterer Mann, um das Auto und die Überreste von Alfred Darr endgültig verschwinden zu lassen.

Der Anführer, dessen brüchige, heisere Stimme sein fortgeschrittenes Alter verriet, beugte sich vor und betrachtete den Toten. Darrs Mund und Augen waren halb geöffnet, und die blutige Nässe seiner Kleidung hatte sich bis zu seinem Kopf hochgearbeitet. Das Gesicht wirkte fast weiß, was zum einen am Mondlicht und zum anderen am Blutverlust lag. Gerade als einer der Männer den Leichensack schließen wollte, bemerkte der alte Mann, dass dem Toten ein Stück seines Schneidezahns abgebrochen war. Er wandte sich an seine Männer, und seine Stimme klang noch heiserer als sonst: »Suchen Sie seinen Zahn und bringen Sie mir das Glas!«

Während einer der Männer ihm einen Zylinder mit einer durchsichtigen Flüssigkeit aus einer mitgebrachten Tasche reichte, beseitigte der dritte die Blutspuren im Kies mit Wasser und suchte nach dem Zahn.

Der Anführer hob die abgetrennten Gliedmaßen auf und säuberte sie vom Kies, der an den blutigen Stümpfen klebte. Dann schob er sie in den mit Formaldehyd gefüllten Behälter und folgte dann seinen Männern, die inzwischen die Spuren beseitigt, den abgebrochenen Zahn gefunden und die Leiche aufgenommen hatten. Als er sich noch einmal umsah, bevor auch er im Wald verschwand, ging in einem der Zimmer im Obergeschoss das Licht an.

6

Die Schwärze zwischen den Welten, in der er lebte, wurde nur gelegentlich von Blitzen unterbrochen, wenn seine Untergebenen für ihn einen Menschen aus dem Kreis der Lebenden in das Reich der Toten holten. In diesen Momenten fühlte sich der ›Mann‹ im schwarzen Anzug wohl. Es elektrisierte ihn. Und es gab ihm das Gefühl enormer Macht.

Zu allen anderen Zeiten haderte er mit seiner Aufgabe. Einer der sechs Statthalter dieses Trabanten zu sein, den er so unsäglich hasste, war unter seiner Würde. Aber er wusste auch, dass er auf der Hut sein musste. Seine Worte und Gedanken blieben anderen besser verwehrt. ER, der *der Herrscher der Welt hinter den Schatten* war, vergab niemals. Zu viele waren gefallen in ihrem Anspruch auf Führung, waren unsäglichen Qualen unterworfen worden, die niemals endeten.

Zu viele, die um ein Vielfaches mächtiger gewesen waren als er. Noch, sagte er sich immer wieder, seine Zeit würde kommen.

Er konzentrierte sich, und der Raum um ihn herum erhellte sich unmerklich. Seine Leibwache kauerte verteilt um seinen Thron auf dem schmutzigen Boden, der mit dem Blut der Gefolterten bedeckt war.

»Lasst mich allein!«, befahl die Gestalt in Schwarz in das Halbdunkel und sie eilten davon.

Er schloss die Augen und nahm Kontakt auf, bis er in seinem Kopf die Stimme seines Gebieters hörte: ›Was willst du?‹

Selbst für ihn, der seit Äonen lebte und über Legionen gebot, war es beängstigend, diese Stimme in sich zu spüren.

»Wir werden bald erfahren, wo das Balg ist«, sprach er in den leeren Raum. Auch wenn sein Meister nur in seinen Gedanken zu ihm sprach, vernahm er seine Stimme über alle Entfernungen.

›Wann?‹, donnerte es in seinem Kopf. Am anderen Ende des Raums zerplatzte einer seiner Leibeigenen mit einem Kreischen in einer Blutfontäne. Er war nicht schnell genug weggelaufen. Der ›Mann‹ stöhnte gepeinigt auf.

»In ein paar Tagen. Sie werden Kontakt aufnehmen und dann werde ich wissen, wo er ist.«

›Wie ist dein Plan?‹

Wieder durchdrang die Stimme jede Faser seines Körpers. Seine Augen fühlten sich an, als würden sie jeden Moment aus den Höhlen platzen. Lange hielt selbst er das nicht mehr aus.

»Ich möchte sehen, ob ich ihn für uns gewinnen kann. Er weiß nichts und hat keine Kenntnis von der Vergangenheit. Er kann eine wichtige Säule für uns sein!«

Den Gedanken, sich mit dem Balg zu verbünden und daraus einen eigenen Herrschaftsanspruch abzuleiten, verdrängte der Dämon in Schwarz, so gut es ging. Wenn sein Gebieter seine Gedanken las, würde er ihn auf der Stelle töten.

›Du weißt, dass er uns gefährlich werden kann‹, sagte die Stimme in seinem Kopf, kalt und leise. ›Dir jedenfalls, nichts kann sich mit mir messen!‹

War das eine Drohung, dass er ihn durchschaut hatte? Er durfte das noch nicht einmal denken und stöhnte auf.

»Lass es mich versuchen. Wenn er nicht für uns ist, wird er sterben!«, schrie er mit letzter Kraft, während schwarzes Blut aus seinen Ohren lief.

›So sei es!‹, sagte die Stimme und verschwand aus seinem Kopf.

Er brach zusammen und seine Leibeigenen eilten zu ihm zurück, um sich um ihn zu kümmern.

7

Es war keine gute Idee gewesen, meinem Freund Lloyd Brower zu versprechen, die Arbeiten seiner Studenten zu korrigieren, während ich selbst in diesem Semester keinen Kurs zu betreuen hatte. Obwohl ich mein Versprechen inzwischen mehr als einmal bereut hatte, verfluchte ich es an diesem Freitagabend ganz besonders.

Fast alle Gänge des Colleges waren verlassen. Mein Büro, das sich am Ende des langen Flurs im zweiten Stock eines der Nebengebäude befand, quoll über vor Informationen und einigen Ausgrabungsstücken, die meine Studenten und ich aus den Gräbern in Wales mitgebracht hatten. Was hatte ich mir nur dabei gedacht, Lloyd meine Dienste anzubieten? Meine eigene Arbeit blieb liegen und die nächsten Aufgaben standen schon in den Startlöchern. Eigentlich hatte ich mit dem Dekan vereinbart, ab Oktober wieder selbst Vorlesungen zu halten. Nun übernahmen Kollegen einen Teil meiner Vorlesungen, weil meine Studenten und ich die geplante Bearbeitungszeit nicht richtig eingeschätzt hatten, und jetzt hing ich hier an den Hausarbeiten, die ich für Lloyd korrigierte, und schlug mich mit historischen Abhandlungen über King Charles herum, anstatt mich um meine eigenen Dinge zu kümmern. Ich nahm mir fest vor, mich beim nächsten Mal nicht mehr überreden zu lassen.

Mit einem leichten Grinsen legte ich die korrigierte Arbeit über die Schlachten von Marston Moor 1644 und Naseby 1645, in denen die Truppen von Charles I. gegen die Ironsides unter Oliver Cromwell schwere Verluste erlitten, beiseite und machte mich an die nächste. Draußen war ein Gewitter aufgezogen. Der Regen, dessen rhythmisches Trommeln mich allmählich ermüdete, prasselte wie ein grauer Vorhang gegen die Fensterscheiben. Seufzend goss ich mir eine weitere Tasse Kaffee ein, als es klopfte. Ich zuckte zusammen, denn so spät am Abend hatte ich niemanden mehr erwartet.

Mein Blick wanderte zur Tür. Ich hatte mir angewöhnt, meine Bürotür während der Arbeit nie zu schließen, so dass der Besucher im Türrahmen zu sehen war. Da ich bis auf die Schreibtischlampe alle Lichter in meinem Büro gelöscht hatte, erkannte ich den Mann in der Tür nur als Silhouette.

Noch bevor ich ein Wort sagen konnte, sprach mich der Fremde an.

»Dr. Isaac Kane?«, fragte er.

»Das bin ich«, antwortete ich. »Und wer sind Sie und warum schleichen Sie hier rum? Der Unterricht ist vorbei und bis Montag ist hier nichts mehr los.«

Ich klang schriller als beabsichtigt, denn der Mann hatte mir einen Schrecken eingejagt, und ich hatte keine Ahnung, wer da vor meiner Tür stand. Wer konnte schon wissen, was die Leute sich alles ausdenken? Die Stimme jedenfalls hatte ich noch nie gehört, da war ich mir sicher. Also schieden Kollegen und meine Studenten aus.

»Entschuldigen Sie, wenn ich Sie erschreckt habe«, sagte der Mann und trat einen Schritt in mein Büro, bevor er weitersprach, »aber ich habe den Auftrag, Ihnen etwas zu übergeben.«

»Und das hätte nicht bis morgen früh Zeit gehabt?«

»Nein«, erwiderte mein Gegenüber ohne erkennbare Emotion in der Stimme. Ich stand auf, betätigte einen Lichtschalter hinter mir und sah mir den Mann an.

Ich schätzte ihn auf Mitte zwanzig. Er war ungefähr einen Meter siebzig groß, also einen Kopf kleiner als ich. Seine Haare waren zu einem Bürstenschnitt geschnitten, was ihm ein militärisches Aussehen verlieh. Seine Augen, umrahmt von einer silbernen Nickelbrille, blickten mich aufmerksam an.

Der Mann war schlank, trug eine enge schwarze Hose und einen offenen Parka, von dem Regenwasser auf den Boden tropfte. In der linken Hand hielt er eine dunkelbraune Aktentasche, mit der rechten Hand versuchte er erfolglos, das Wasser von seiner Kleidung zu wischen. Eine Geste, die ihn mir sympathisch machte. Trotz der ungewohnten Situation fühlte ich mich von dem Fremden nicht weiter bedroht, sondern spürte unbewusst eine Verbindung, obwohl ich ihn noch nie gesehen hatte.

»Liefern Sie Ihre Waren immer erst in den späten Abendstunden aus?«, fragte ich jetzt weniger schroff. »Wie sind Sie überhaupt ins Gebäude gekommen? Ist der Pförtner nicht auf seinem Posten?«

Ohne auch nur eine meiner Fragen zu beantworten, zog der Mann seinen Parka aus, hing ihn über den Garderobenständer und setzte sich auf einen der beiden Besucherstühle. Überrascht und ein wenig überrumpelt setzte auch ich mich. Ich hatte nicht das Gefühl, in Gefahr zu sein, obwohl mir die Situation grotesk vorkam. Im Notfall konnte ich mich immer noch auf meine Körpergröße und meine Kenntnisse aus dem Boxtraining verlassen, das ich regelmäßig in der Sporthalle der Universität absolvierte.

Für einen kurzen Moment schwiegen wir. Ich hatte das Gefühl, dass er versuchte, mich genauso einzuschätzen wie ich ihn. Zumindest bestätigte sich meine erste Vermutung, einen sportlichen Mann vor mir zu haben; die beeindruckenden Muskeln unter dem engen Pullover waren gut zu erkennen. Inzwischen war ich mir sicher, dass der Mann Soldat war.

»Mein Auftraggeber wollte sichergehen, dass wir uns ungestört unterhalten können.«

»Ihr Auftraggeber?«, entgegnete ich, aber der Mann bat mich mit einer kurzen Handbewegung, ihn aussprechen zu lassen. Er machte eine kurze Pause, bevor er weitersprach.

»Mein Name ist Chris«, fuhr er fort. »Sollten Sie sich entschließen, der Einladung meines Auftraggebers zu folgen, werden wir uns in Zukunft sicher noch häufiger unterhalten.«

Ich bewunderte sein Selbstvertrauen, verstand aber noch nichts. Machte der Mann mir ein Angebot? Hatte ich ihn richtig verstanden? Und wer war sein Auftraggeber? Ich war verärgert, was ich meinem Gegenüber auch zum Ausdruck brachte.

»Ist Ihnen klar, dass ich hier arbeite?«, fragte ich Chris. Mein Ton war aggressiver als beabsichtigt. »Vielleicht zeigen Sie mir zuerst, was Sie mir geben wollen, damit ich endlich verstehe, worum es hier geht.«

»Natürlich. Bitte entschuldigen Sie«, antwortete mein Gegenüber, nahm die Aktentasche auf seinen Schoß und zog einen Umschlag heraus, den er auf den Tisch legte. Es folgte eine dunkelrot lackierte Holzkiste, etwa 25 Zentimeter lang und ebenso breit.

Mir war klar, dass es sich nicht um eine einfache Tischlerarbeit handelte, sondern um ein aufwendig gearbeitetes Stück. Wie alt war es? An der Seite des Kastens befanden sich silberne Scharniere, auf Teilen der Oberfläche und auch an den Seiten waren Runen mit silberner Farbe zu sehen. Auf dem Deckel befand sich ein unbekanntes Symbol, das eine Mischung aus Templerkreuz und Pentagramm zu sein schien. Meine Augen hatten Mühe, das Symbol zu betrachten. Mir wurde schwindelig. Ich lehnte mich in meinem Stuhl zurück und massierte mir die Schläfen. Vermutlich hatte ich heute zu viel gearbeitet.

Chris lächelte. Offenbar kannte er die Wirkung des Symbols. »Eine exquisite Arbeit, nicht wahr? Vierzehntes Jahrhundert. Man sollte nur nicht zu lange hinsehen.«

Er öffnete die beiden Verschlüsse. Mit einem leisen Klacken sprang der Deckel auf.

Ich schnappte nach Luft und zuckte zusammen, als ich den Inhalt sah …

8

Chris ließ mir Zeit, meine Überraschung zu verdauen. Er hielt die Holzkiste mit einer Hand fest und reichte mir das darin befindliche Glasgefäß. In einer rötlichen, trüben Flüssigkeit schwamm etwas, das ich so noch nie zuvor gesehen hatte, und ich habe Dinge gesehen, die sonst nur wenigen Menschen vorbehalten sind!

Archäologie und Geschichte haben mich schon immer fasziniert. So war es fast zwangsläufig, dass dies meine beiden Hauptstudienfächer wurden. Hinzu kam der Drang, Dinge zu vertiefen und zu hinterfragen, die andere als Humbug abgetan hätten. Daher entschied ich mich, im Nebenfach Psychologie und speziell Parapsychologie an der *Koestler Parapsychology Unit* der *University of Edinburgh* zu studieren. Ich wollte schon immer tiefer in Mythen und Legenden eintauchen und herausfinden, wie viel Wahrheit dahinter steckt. Durch die Kombination von historischen Ausgrabungen und Schriften mit dem Wissen über jahrhundertealte Erzählungen von Geistern, Hexen und Kobolden konnte ich in Bereichen forschen, die viele meiner Kollegen nicht einmal in Betracht zogen. Auch vor dem Hintergrund, dass sie ihnen nicht wissenschaftlich genug erschienen. Ich selbst halte mich mit solchen Äußerungen immer zurück und zitiere bei Kritik gerne Kopernikus und Galilei. Hätten sie sich nicht mit ›unsinnigen‹ Beobachtungen auseinandergesetzt, würden uns heute noch Teile der Gesellschaft weismachen, dass sich die Sonne um die Erde dreht. Wissenschaft ist nicht in Stein gemeißelt, sondern muss erforscht werden, um Bestand zu haben.

Trotzdem wurde ich oft belächelt. Aber ich ließ mich nicht unterkriegen, denn ich konnte schon einige neue Forschungsergebnisse vorweisen, wenn ich Ausgrabungen unter dem Aspekt des damals vorherrschenden Aberglaubens untersuchte. So waren mir Darstellungen von Ungeheuern aller Art nicht fremd. Aber so etwas wie in diesem Glas hatte ich noch auf keiner Darstellung gesehen.

Der runde Zylinder war etwas mehr als zwanzig Zentimeter lang. Die beiden Objekte darin, die ich in Ermangelung einer besseren Beschreibung als ›Finger‹ identifizierte, füllten das Glas fast vollständig aus. Sie waren offensichtlich mit einem scharfen Werkzeug abgetrennt worden. An der Schnittkante des durch die Konservierung geschrumpften Fleisches erkannte ich die Knochen. Die Außenseite der Finger, die in spitzen schwarzen Krallen endeten, war vollständig mit schwarzen Haaren bedeckt. Die Innenseite sah aus wie die Haut einer Bärentatze. Nur über die Farbe grübelte ich. Die Farbe schien mir irgendwo zwischen dunkelbraun und schwarz zu liegen. Was mich aber am meisten interessierte, war die Frage, von welchem Wesen diese Gliedmaßen stammten.

»Was ist das?«, fragte ich Chris. »Wie Sie wissen, bin ich Hochschullehrer und Wissenschaftler«, fuhr ich schärfer als beabsichtigt fort, »und kein Vertreter eines Kuriositätenkabinetts. Wenn das ein Scherz sein soll, schlage ich vor, dass Sie mein Büro verlassen!«

Mein Besucher musterte mich, bevor er antwortete: »Ich schlage vor, Sie lesen den Brief meines Auftraggebers.«

Mit diesen Worten nahm er mir den Glasbehälter aus der Hand und reichte mir den Umschlag, dem ich zwei handgeschriebene Blätter entnahm. Ich sah Chris an, der meinem Blick nicht auswich. Im Gegenteil, er schien zu wissen, was ich sagen wollte, und kam mir zuvor: »Bitte lesen Sie ihn jetzt. Es ist wichtig.«

So wie er das sagte, gab es keinen Zweifel, dass er es ernst meinte, oder aber er war ein brillanter Schauspieler. Also begann ich zu lesen, und hörte an diesem Abend zum ersten Mal den Namen Ian West.

Als ich zu Ende gelesen hatte, legte ich die Blätter auf den Tisch und ging zum Fenster. Lange blickte ich in die Dunkelheit, während der Regen mit unverminderter Wucht gegen das Glas prasselte. Meine Gedanken schwankten zwischen Bestürzung, Ungläubigkeit und echter Neugier, die schließlich überwog. Ich drehte mich zu Chris um, der ebenfalls aufgestanden war.

»Geben Sie mir das Ticket«, sagte ich. »Und sagen Sie Mr. West, dass ich komme. Dann erwarte ich mehr Informationen!«

Chris, der offensichtlich nicht an meiner Zusage gezweifelt hatte, zog einen weiteren Umschlag aus der Aktentasche und legte ihn auf den Schreibtisch.

»Gute Nacht, Dr. Kane. Es war nett, Sie kennenzulernen.«

Er nickte mir noch einmal zu und verließ mein Büro.

Draußen wurde der Regen immer stärker, und ich begann zu frieren.

9

Eine Woche später bestieg ich den Zug in Richtung London. West hatte mir in seinem Brief genaue Anweisungen gegeben, wo er mich abholen würde, und die Fahrkarten waren für bestimmte Züge gekauft worden. Unser Ziel sollte ein altes Schloss außerhalb Londons sein. Dort würde er mir neben der Geschichte des Gebäudes auch mehr über die Herkunft der Finger erzählen. Angeblich sollte ich auch die Möglichkeit haben, das Tier, wie er es nannte, zu sehen, von dem die abgetrennten Gliedmaßen stammten. Für mein Wissensgebiet der Archäologie und Geschichte würde ich ›intensive Informationen‹ erhalten, wie mir West in seinem Brief mitteilte.

Das war für mich noch kein Grund, die Reise anzutreten. Dafür musste ich mich wieder mit dem Dekan anlegen, der ohnehin schon verärgert war, weil ich keine Vorlesungen halten konnte, aber West hatte in dem Brief noch weitere Andeutungen gemacht und Informationen angekündigt, die mit meiner ›wahren Herkunft und Bestimmung‹ zu tun haben sollten. Ich wusste, dass Kane nicht mein ursprünglicher Familienname war, weil meine Eltern mich als Baby adoptiert hatten, aber es war mir nie gelungen, Informationen über meine leiblichen Eltern zu erhalten. Ich war mir anfangs auch nicht sicher, ob und inwieweit ich das überhaupt wollte, da ich ein sehr gutes Verhältnis zu meinen Adoptiveltern habe. Sie waren immer da, wenn ich sie brauchte, und es gab finanzielle Unterstützung. Deshalb ließ ich die ersten halbherzigen Nachforschungen eines Privatdetektivs, den mein Vater engagiert hatte, ins Leere laufen und fragte nicht weiter nach.

Aber West erwähnte in seinem Brief, dass er mit meinen Eltern befreundet gewesen sei und mir sagen könne, wie ich in das Kinderheim in Bristol gekommen war! Er selbst war dabei gewesen, als mein leiblicher Vater mich dort abgegeben hatte! Und das gab den endgültigen Ausschlag, die Reise anzutreten.

Also teilte ich dem Dekan mit, dass ich aus familiären Gründen für ein paar Tage verreisen würde, sagte Lloyd, der mich enttäuscht und ein wenig verärgert ansah, dass er die restlichen Arbeiten selbst korrigieren müsse, und packte meine alte Reisetasche mit bequemen Sachen für zwei oder drei Tage. Ich wusste nicht, was ich von dieser Reise erwarten konnte, aber ich ahnte nicht, wie sehr sie mein Leben verändern würde.

10

Ian West lehnte an dem dunklen Mercedes und rauchte eine Zigarre. Der Fahrer des Wagens, gleichzeitig sein Bodyguard, saß im Auto und war in die aktuelle Tageszeitung vertieft. West sah auf die Uhr. Wenn der Zug pünktlich war, würde Dr. Isaac Kane in einer Viertelstunde an dem kleinen Vorstadtbahnhof ankommen, von wo aus sie zuerst ihre Zimmer im ›Slaughtered Lamb‹ beziehen und am nächsten Tag nach Vincent Manor fahren würden.

West fröstelte, als ein Windstoß mit salzig-feuchter Luft über den Parkplatz fegte, und die große Narbe an seinem Oberschenkel begann zu schmerzen. Heute war einer dieser Tage, an denen er sein Alter besonders deutlich spürte. Kein Wunder, er war jetzt so alt wie das Jahrhundert, das in zwei Jahren die Siebziger hinter sich lassen würde. Was würden die achtziger Jahre bringen und würde er sie überhaupt noch erleben? Fragen, die sich der alte Mann nicht erst seit gestern stellte.

In der Ferne ertönte das Signal des Zuges. West klopfte an die Scheibe des Wagens und ging mit langsamen Schritten zum Bahnsteig. Dabei nahm er den letzten Zug seiner fast aufgerauchten Zigarre. Hinter ihm stieg der Fahrer aus. Einem geübten Beobachter wäre vielleicht aufgefallen, dass er sich dabei so positionierte, dass er die Umgebung im Blick hatte und bei Gefahr sofort eingreifen konnte.

11

Ich war der einzige Fahrgast, der an diesem kalten Spätnachmittag aus dem Zug stieg. Selbst für den Schaffner schien es ungewöhnlich, dass hier Fahrgäste ausstiegen.

»Sind Sie sicher, dass Sie sich nicht in der Station geirrt haben?«, fragte er freundlich und reichte mir meine Tasche. Ich blickte über den menschenleeren Bahnsteig und sah einen alten Mann am Eingang des Bahnhofsgebäudes, der mir zuwinkte.

»Danke, aber wie Sie sehen, werde ich erwartet«, sagte ich lächelnd und steckte dem Schaffner ein Trinkgeld zu. Der Mann nickte, gab dem Zugführer ein Handzeichen und blies in seine Trillerpfeife. Der hohe, durchdringende Ton schmerzte in den Ohren, und ich beeilte mich, das Bahnhofsgebäude zu erreichen, denn es begann zu regnen. Ich schlug den Kragen hoch und beschleunigte meine Schritte, um unter das schützende Dach zu gelangen. Während ich auf Ian West zuging, hatte ich Gelegenheit, ihn mir genauer anzusehen.

West maß etwa 1,90 m, war also so groß wie ich. Er war schlank und hatte sein eisgraues Haar straff nach hinten gekämmt. Trotz seines offensichtlich hohen Alters – ich schätzte ihn auf Mitte bis Ende siebzig – trug er keine Brille. Sein Gesicht war scharf geschnitten, die Nase spitz zulaufend und leicht gebogen. Über der Lippe trug er einen sorgfältig gestutzten, eisgrauen Schnurrbart. West machte mit jeder Faser auf mich den Eindruck eines Offiziers alter Schule. Er war in einen beigefarbenen Kaschmirmantel gekleidet, unter dem ich einen dunklen Anzug erkennen konnte, der sicher von einem Maßschneider angefertigt worden war.

»Dr. Kane, es ist schön, Sie kennenzulernen«, sagte West, als ich ihn erreichte, und griff nach seiner Hand. Seine hellblauen Augen blickten mich freundlich an, als wollten sie einen bewussten Kontrast zu der militärischen Härte bilden, die der alte Mann sonst ausstrahlte. Doch wenn man genau hinsah, konnte man die Entschlossenheit und Härte eines Mannes erkennen, der schon viel erlebt hatte. Sein Händedruck war trotz seines Alters sehr fest.

»Danke, Mr. West, ich freue mich, hier zu sein. Aber bitte, wenn es nicht zu anmaßend ist, lassen Sie den Doktor weg und nennen Sie mich einfach Isaac.«

West lächelte. »Natürlich, Isaac, das mache ich gerne. Aber da ich Sie seit Ihrer Geburt kenne, bestehe ich darauf, dass Sie mich auch beim Vornamen nennen.«

Es war seltsam. Obwohl ich diesen Mann noch nie in meinem Leben gesehen hatte, fühlte ich eine Vertrautheit, als würden wir uns schon seit Jahren kennen, beinahe, als wären wir Familienmitglieder. Ich bedankte mich bei Ian, der mir bedeutete, ihm zu folgen. Mit schnellen Schritten durchquerte er das kleine Bahnhofsgebäude in Richtung der wenigen

Parkplätze. Dabei fiel mir auf, dass er sein rechtes Bein leicht nachzog.

Das einzige Auto war ein dunkler Mercedes, vor dem ein junger Mann stand, der mich in Haltung und Aussehen an Chris erinnerte. Wahrscheinlich hatte auch er eine militärische Vergangenheit, und ich meinte, unter seiner Jacke eine Pistole in einem Holster zu erkennen.

»Das ist Tom, mein Fahrer und persönlicher Assistent. Er fährt uns zum Gasthof und wird dann von einem Kollegen abgeholt. Morgen früh fahren wir beide mit dem Auto zum Schloss.«

Ich nickte dem Fahrer zu und er grüßte zurück. Dann legte er meine Tasche in den Kofferraum, öffnete die hinteren Türen des Wagens und wir stiegen ein. Während Tom den Motor startete und den Wagen vom Parkplatz lenkte, wurde der Regen immer stärker.

12

Ich konnte meine Neugier kaum zügeln, während die dunkle Limousine sicher durch die engen Straßen und den Regen glitt, aber ich wollte nicht unhöflich sein. So wie ich Ian einschätzte, hatte er sicher alles genau geplant, und daher wartete ich darauf, dass er mir mehr Informationen gab.

»Ich weiß, Isaac, dass Sie sich fragen, was Sie erwartet, und ich werde Ihnen alles erzählen, was für Sie wichtig ist, wenn wir im Gasthaus sind und zu Abend gegessen und etwas getrunken haben. Lassen Sie mich nur zuerst aufzählen, was ich über Sie weiß, damit Sie sehen, dass ich meine Hausaufgaben gemacht habe. Okay?«

Was genau meinte er damit? Ich nickte und der alte Mann fuhr fort.

»Gut. Sie sind 1938 geboren und dieses Jahr vierzig geworden. Ihre Eltern sind Francis und Priscilla Kane, die Sie als Baby aus einem Waisenhaus in Bristol geholt und adoptiert haben. Obwohl Ihr Vater eine gut gehende Firma für Büromaterial besitzt und Sie gerne in seinem Unternehmen gesehen hätte, haben Sie sich anders entschieden. Sie haben Archäologie und Geschichte studiert und in diesen Fächern auch promoviert. Zusätzlich haben Sie einige Semester Psychologie studiert und, was einige in Ihrer Umgebung verwirrt hat, Kurse in Parapsychologie belegt. Sie haben das damit erklärt, dass Sie gerade bei der Erforschung von Altertümern und Mythen, wenn es zum Beispiel um Opfertempel oder Zeichnungen mit unbekannten Darstellungen ging, die spirituelle Sichtweise gereizt hat. So weit, so richtig?«

Wieder konnte ich nur nicken, während der alte Mann eine Pause machte. Ich war überrascht, dass jemand, den ich noch nie gesehen hatte, so viel über mich wusste, zumal meine leiblichen Eltern, seine Freunde, unmittelbar nach meiner Geburt gestorben waren. Ich zwang mich, alle Fragen, die mir in den Sinn kamen, zu unterdrücken, damit West fortfahren konnte.

»Sie sind seit drei Jahren Dozent in Cambridge, arbeiten aber immer noch aktiv an Ausgrabungen mit. Manchmal mit Ihren Studenten, manchmal ohne sie, mit einem anderen Team. Vor vier Jahren haben Sie sich von Ihrer damaligen Frau Amber scheiden lassen, die heute in Oxford lehrt, wo Sie selbst bis vor drei Jahren gearbeitet haben. Ich nehme an, der Wechsel hat auch damit zu tun?«

»Das stimmt, wie alles, was Sie aufgezählt haben«, antwortete ich und unterbrach Ians Monolog. »Aber ich frage mich …«

West hob die Hand. Sein Gesichtsausdruck verriet, dass er noch nicht fertig war, und ich verstummte wieder, allerdings noch verwirrter als zuvor.

»Abschließend möchte ich noch erwähnen, dass Sie viel Sport treiben, gerne am Boxtraining der Universitätsmannschaft teilnehmen, keine Kinder haben und derzeit ledig sind.«

Einige Minuten schwiegen wir beide. Mit einem Räuspern fand ich meine Stimme wieder.

»Woher wissen Sie das alles, Ian? Haben Sie mich bespitzelt? Und wozu das alles?«

West sah mich ruhig an, als Tom plötzlich die Seitentür öffnete. Ich hatte gar nicht bemerkt, dass wir unser Ziel erreicht hatten, so sehr war ich von den Eindrücken der Erzählung gefangen.

»Sie haben ein Recht auf all diese Antworten«, sagte Ian, »und Sie werden sie bekommen. Aber ich denke, wir können das alles in Ruhe nach dem Essen besprechen.«

Mit diesen Worten stieg der alte Mann aus dem Auto und ließ mich völlig konsterniert zurück.

13

Inzwischen hatte der Regen aufgehört. Ich wich den Pfützen aus, um meine Schuhe auf dem aufgeweichten Lehmboden des Parkplatzes nicht zu ruinieren, und ging zum Eingang des ›Slaughtered Lamb‹. Der Name war kunstvoll in ein halbrundes Schild eingraviert, das über der Eingangstür hing, und ich wusste nicht, ob er einfach nur geschmacklos war oder ob die Betreiber einen eigenwilligen Sinn für Humor hatten. West war im Gebäude verschwunden, und während ich das Gefühl hatte, mich selbst auf dem Weg zum Gasthaus zu beobachten, fragte mich eine mitleidig klingende Stimme in meinem Kopf, was ich hier eigentlich tat. Ich war im Nirgendwo Englands mit jemandem, der mein Leben beobachtete, und ich hatte keine Ahnung, was er von mir wollte. Vielleicht waren das einfach nur Verrückte, aber was wollten sie?

Aber da war noch eine andere Stimme. Die des neugierigen Wissenschaftlers, die mir zuflüsterte, dass ich erst gehen könne, wenn ich etwas über diese mysteriösen Finger herausgefunden hätte. Und was an der Geschichte dran war, dass West meine leiblichen Eltern gekannt hatte. Und schließlich Vincent Manor, das Schloss, das auf uns wartete – immerhin war es mein Beruf, historische Stätten und Artefakte zu erforschen. Seufzend stieß ich die schwere Schwingtür aus altem Holz auf und ging hinein.

14

Der Gasthof war bescheiden eingerichtet, gemütlich und sauber und stand natürlich in krassem Gegensatz zu dem, was ich von einem Lokal mit einem so martialischen Namen erwartet hatte. Im Eingangsbereich lagen dicke dunkelgrüne Teppiche, die unsere Schritte dämpften. An den Wänden hingen die unvermeidlichen Jagdtrophäen. Aus den präparierten Köpfen von Gämsen, Wölfen und sogar einem Bären mit weit aufgerissenem Maul starrten uns kalte, staubbedeckte Glasaugen an. Das Mobiliar hatte, wie nicht anders zu erwarten, den Strömungen unseres Jahrzehnts widerstanden, vom einfachen Stuhl bis zum Empfangstresen konnte man erkennen, dass die Einrichtung mindestens vierzig bis fünfzig Jahre hinter sich hatte. Alles war in einem so guten Zustand, dass man die Liebe der Besitzer zu ihrem Haus spüren konnte.

West hatte mir bereits in seinem Brief mitgeteilt, dass er für jeden von uns ein Einzelzimmer reserviert hatte. Er stand an der Rezeption und füllte die notwendigen Formulare aus. Ich entdeckte drei Telefonzellen im hinteren Teil des Eingangsbereichs und überlegte, meine Eltern anzurufen, verwarf den Gedanken aber schnell wieder. Mein Vater wäre noch im Büro und meine Mutter, wenn sie nicht auch in der Firma war, sicher auf einer ihrer Veranstaltungen. Seit Jahren half sie Hilfsorganisationen, Geld zu sammeln, und es schien immer irgendeine Gala zu geben, sie sie mit ihrer Anwesenheit veredelte.

Ian winkte mich zu sich, damit ich mein Gästeformular unterschreiben konnte. Die Wirtin, eine untersetzte Dame mittleren Alters mit einem ansteckenden Lächeln, dunkelblonden, zu einem Dutt zusammengebundenen Haaren und leicht geröteten Wangen, bedankte sich und gab mir meinen Zimmerschlüssel. West hatte bei der Buchung darauf geachtet, dass unsere Zimmer nebeneinander lagen.

»Ich schlage vor«, sagte er, »dass wir uns etwas frisch machen und uns dann in einer Stunde zum Abendessen wieder hier treffen.«

Ich stimmte zu, während die Wirtin erwähnte, dass sie für uns einen Tisch im hinteren Teil des Speisesaals reserviert hatte, wo wir ungestört sein würden, wie Ian es sich gewünscht hatte.

»Danke, Mrs. Higgins«, sagte West und schob ihr einen ge-
falteten 50-Pfund-Schein über den Tisch.

»Vielen Dank, Mr. West«, entgegnete sie erfreut und ließ
den Schein in ihrer Tasche verschwinden. Ein Trinkgeld in
dieser Höhe bekam sie sicher nicht oft. Womit verdiente Ian
eigentlich sein Geld, um sich das alles leisten zu können? Ich
würde ihn später fragen. Und wo war unser Fahrer? Er war
nicht mit uns in den Gasthof gekommen und durch die dun-
kelgelbe Milchglasscheibe der Tür konnte ich nur den Mercedes auf dem Parkplatz sehen. Anscheinend war er schon
abgeholt worden. Man erwartete offenbar nur zwei Personen auf Vincent Manor und West würde den Rest des Weges fahren. Ian war bereits gegangen. Ich nahm meine Tasche, nickte Mrs. Higgins noch einmal zu, die mich immer
noch fröhlich anstrahlte, und ging ebenfalls auf mein Zimmer.

15

Nachdem ich meine Sachen in den Schrank gehängt hatte,
ging ich unter die Dusche. Das Wasser war nicht heiß, aber
es reichte, um mich etwas frisch zu machen. Die verbleiben-
de Zeit nutzte ich, um mich eine halbe Stunde auf dem Bett
auszustrecken. Zum Glück hatte ich meinen Reisewecker
dabei, denn außer einer zerfledderten Bibel war im Nacht-
tisch nichts zu finden und ich schlief kurz ein. Anscheinend
hatte mich die Situation doch mehr erschöpft, als ich gedacht hatte, denn normalerweise schlief ich nachmittags nie.

Fast gleichzeitig mit dem Klingeln des Weckers klopfte es.
Ich schaltete das Gerät aus, stand auf und öffnete die Tür.

West hatte seinen dunklen Anzug gegen eine Stoffhose und einen Rollkragenpullover getauscht.

»Können wir?«, fragte er.

Ich steckte die Brieftasche ein, nahm meinen Zimmerschlüssel und folgte ihm ins Erdgeschoss. Der Duft des Abendessens durchzog das ganze Haus. Der Speisesaal bot Platz für mindestens dreißig Personen, aber außer uns aßen an diesem Abend nur sieben Leute. An jedem Tisch saßen zwei Paare, eine Gruppe von drei Männern hatte sich an einem der runden Tische im vorderen Teil des Speisesaals niedergelassen. Mrs. Higgins hatte uns, wie versprochen, einen Tisch am Ende des Speisesaals reserviert und anscheinend auch die angrenzenden Tische etwas zur Seite gerückt. Alles war für ein ungestörtes Gespräch vorbereitet.

West bestellte Wasser, und ich bat den Kellner, uns gleich eine ganze Flasche und zwei Gläser zu bringen. Ich trinke üblicherweise wenig Alkohol und an diesem Abend wollte ich besonders sicher sein, dass mich nichts ablenkte. Das Essen und die Getränke wurden zusammen serviert. Wie so oft in diesen Pensionen waren die Portionen sehr groß. Das Essen war einfach, aber sehr gut. Ian hatte Cornish Pasty bestellt, ein altes Bergmannsessen, das so gar nicht zu seinem aristokratischen Äußeren passte, ihm aber sichtlich schmeckte. Ich genoss die allseits beliebten Fish'n Chips und wich damit nicht sonderlich von meinem eher wenig abwechslungsreichen Speiseplan ab. West und ich aßen schweigend und mir wurde klar, dass er seine Ankündigung, mir erst nach dem Essen Informationen zu geben, nicht ändern würde. Er wusste wohl, dass ich meine Neugierde kaum mehr zügeln konnte, blieb aber seinen Prinzipien treu.

Nach dem Essen bestellten wir beide einen Kaffee und West zündete sich eine Zigarre an. Dann begann der alte Mann zu erzählen, nur unterbrochen, wenn er einen Schluck Wasser trank, an seiner Zigarre zog oder schmerzhafte Erinnerungen ihn für einige Minuten innehalten ließen, in denen ich schwieg und versuchte, das Gehörte zu verarbeiten!

16

»Wie ich Ihnen geschrieben habe, Isaac, kannte ich Ihre leiblichen Eltern persönlich. Und ich war dabei, als Ihr Vater Sie in das Kinderheim in Bristol brachte, aus dem Sie von Ihren Adoptiveltern geholt wurden. Ich möchte Sie bitten, mich zu Ende erzählen zu lassen. Am Ende werde ich alle Ihre Fragen so gut wie möglich beantworten.

Sie sind in Birmingham geboren, und wie Sie sehen, haben Ihr Vater und ich eine weite Reise auf uns genommen. Vor allem mit einem Säugling war das damals eine sehr beschwerliche Reise. Ihr wahres Geburtsdatum ist der 1. Mai, da Sie genau um Mitternacht geboren wurden. Ich weiß, dass der Arzt im Kinderheim ein späteres Datum eingetragen hat, aber Ihre Mutter lag in der Nacht zum 30. April in den Wehen. Ich muss Ihnen also nicht sagen, dass Sie in der Walpurgisnacht geboren wurden, auch wenn wir hier in England damit nicht viel anfangen können. Ihre Mutter hieß Nora und Ihr leiblicher Vater George Carter. Sie wären auf den Namen Thomas getauft worden.

Ich habe Ihren Vater über Freunde kennengelernt, das muss um 1930 gewesen sein. Er war damals Anfang 20 und wir verstanden uns gut, obwohl ich etwa zehn Jahre älter war als er. Fünf Jahre später lernte er Nora kennen und ein Jahr später heirateten die beiden. Sie wurden 1938 geboren.

Obwohl ich glaubte, George gut zu kennen, wusste ich vieles nicht über ihn, wie mir erst im Nachhinein klar wurde. Zum Beispiel, was er genau beruflich machte. Er war viel unterwegs und ich sah ihn lange Zeit nicht. Wenn er zurückkam, war er meistens sehr müde und erschöpft und erzählte mir, dass er auf Baustellen rund um London arbeitete, um sich und Ihre Mutter zu ernähren. Nora verdiente auch etwas Geld mit Näharbeiten für wohlhabendere Familien. Ich habe noch ein Taschentuch mit Monogramm, das sie mir ein paar Wochen bevor Sie auf die Welt kamen, geschenkt hat. Ich werde es Ihnen bei Gelegenheit zeigen.

Zwei Wochen nach Ihrer Geburt wurde Ihre Mutter ermordet!

Ich weiß noch genau, wie Ihr Vater abends gegen acht Uhr zu mir nach Hause kam, tränenüberströmt, Sie schreiend auf dem Arm. Ich ging zu meiner Nachbarin, einer netten alten Dame, die früher als Lehrerin gearbeitet hatte, und bat sie, auf Sie aufzupassen. Dann versuchte ich, aus George herauszubekommen, was passiert war. Ich gab ihm mehr als ein Glas von meinem Whisky, aber er schien keine beruhigende Wirkung auf Ihren Vater zu haben. Er wiederholte nur immer wieder, dass Nora ermordet worden sei und er Sie in Sicherheit bringen müsse. An diesem Tag ging ausnahmsweise er mit Ihnen zum Kinderarzt, weil es Ihrer Mutter nicht gut ging, und als er zurückkam, fand er ihre Leiche.

Ich fragte ihn, ob er schon die Polizei gerufen habe, aber er sagte Dinge, die mir damals völlig wirr vorkamen, zum Beispiel, dass die Polizei nicht helfen könne und er sich selbst darum kümmern müsse. Er bat mich, ihn zur Wohnung zu begleiten, was ich natürlich tat. Die Wohnung Ihrer Eltern war etwa zwanzig Minuten Fußweg entfernt. Auf dem Weg dorthin schwieg Ihr Vater, und ich sah ihm an, dass er über etwas nachdachte. Für Außenstehende wirkten wir wie zwei Männer auf dem Weg zum nächsten Pub. Wegen des schlechten Wetters in Eile, sich durch Regen und Nebel kämpfend, auf der Suche nach der wohligen Wärme des Lokals und in Erwartung eines leckeren Bieres. Stattdessen waren unsere Gemüter so schwarz wie der regennasse Asphalt, der durch den Nebel schimmerte, und zumindest meine Erwartung war die eines zum Tode Verurteilten kurz vor der Hinrichtung.

Gegen zehn Uhr erreichten wir das Haus Ihrer Eltern. Alle Lichter zur Straße hin waren gelöscht, und mir lief ein Schauer über den Rücken, als ich daran dachte, dass ich gleich mit Ihrer toten Mutter konfrontiert werden würde. Ich ließ George den Vortritt, auch weil meine Beine mir den Dienst versagen wollten, was ich nur unter Aufbietung all meiner Willenskraft verhindern konnte. Als ich dann das Haus betrat, schlug mir als Erstes ein beißender, stechender Gestank entgegen. Etwas, das mich an Schwefel und verbranntes, nasses Holz erinnerte. Dazu mischte sich der Geruch von kaltem Blut. Sie wissen, wovon ich spreche, dieser eiserne Geruch, den man nicht mehr aus der Nase bekommt. Verzeihen Sie mir meine Deutlichkeit, aber es ist wichtig, dass Sie alles verstehen. Da Ihr Vater noch nicht erzählt hatte, was passiert war, schockierte mich der Geruch umso mehr. Dieser Gestank erforderte einen großen Blutverlust. Und natürlich wusste ich noch nicht, woher der andere widerliche Geruch kam, der ebenfalls in der Luft hing und den ich später als Schwefel identifizierte. Mein Magen krampfte sich zusammen unter der Last, die ihm in dieser Umgebung auferlegt wurde, und für einen Augenblick schien es, als wolle er sich ergeben. Aber dann sah ich, wie sich Ihr Vater auf einen Stuhl im Flur fallen ließ, ich sah sein verzweifeltes Gesicht, den Schmerz, der ihn umklammerte, und ich wollte die Situation auf keinen Fall noch weiter eskalieren lassen. Also riss ich mich zusammen.

George bedeutete mir, nach oben zu gehen, um mir ein Bild von der Situation zu machen. Glauben Sie mir, Isaac, das war das Letzte, was ich wollte, aber Ihre Eltern waren meine Freunde.

Ich ging langsam die Treppe hinauf und passte auf, nicht in die blutigen Fußspuren zu treten, die Ihr Vater offenbar hinterlassen hatte, als er nach unten gerannt war, nachdem er die Leiche entdeckt hatte. Ich fühlte mich unsicher, denn natürlich hätte der Mörder jederzeit zurückkommen können, während Ihr Vater bei mir war. Was, wenn er wieder oben im Zimmer war? Um ehrlich zu sein, fühlte ich mich in keiner Weise gewappnet, einem Mörder gegenüberzutreten. Ich hätte nicht einmal gewusst, was ich tun sollte. Das alles überforderte mich und machte mich noch unruhiger und unsicherer, als ich es ohnehin schon war. Selbst das Knarren der alten Treppe erschien mir in diesem Moment viel zu laut. Die Schlafzimmertür war verschlossen und der immer stärker werdende Gestank nach Blut und Schwefel raubte mir den Atem. Ich hielt mir die Hand vor den Mund und stieß die Tür mit dem Fuß auf. Ich glaube, ich schrie kurz auf, als ich in das Zimmer blickte.

Ihre Mutter lag fast friedlich in der Mitte des Bettes. Sie hatte die Augen geschlossen und die Arme vor der Brust verschränkt. Das ehemals weiße Nachthemd, das sie trug, war bis auf wenige Flecken dunkelrot, das ganze Bett und ein Teil des Fußbodens waren mit Blut bedeckt. Bei der schlechten Beleuchtung sah es fast schwarz aus. Ich konnte keine sichtbaren Verletzungen erkennen, vermutete aber, dass sie unter dem Nachthemd zum Vorschein gekommen wären, wagte mich aber nicht näher an die Tote heran. Der Schwefelgeruch im Schlafzimmer war noch schlimmer als im übrigen Haus. Das Letzte, was ich sah, bevor ich mich umdrehte und ins Erdgeschoss zurückrannte, war das mit Blut an die Wand gemalte Pentagramm, umgeben von Hunderten von Zeichen und Symbolen, die ich noch nie in meinem Leben gesehen hatte, die mir aber körperliches Unwohlsein verursachten. Jeder Buchstabe schien im Halbdunkel des Zimmers zu leben!«

17

West lehnte sich zurück. Es war offensichtlich, dass er eine Pause brauchte. Mit wackligen Beinen stand ich auf und ging zur Rezeption, um zwei doppelte Whisky zu bestellen.

Vielleicht würde mir etwas frische Luft gut tun. Ich stieß die Tür des Gasthauses auf, die mit einem lauten Knall gegen die Hauswand schlug und mich zusammenzucken ließ. Kalte Luft strömte ins Innere des Hauses. Nieselregen bedeckte die Pflastersteine vor der Tür. Ich sehnte mich nach einer kurzen Verschnaufpause. Mit jedem Satz, den der alte Mann sprach, hatte sich meine Kehle weiter zugeschnürt.

Meine Hände zitterten und ich war mir nicht sicher, ob mir nicht auch die Beine den Dienst versagen würden. Ich lehnte mich an eine halbhohe Mauer, die einen Teil des

Grundstücks umgab. Dass es leicht nieselte, empfand ich in diesem Moment als Wohltat, denn die Erzählungen über das Schicksal meiner Eltern hatten mir schwer zugesetzt, und ich brauchte eine Abkühlung. Obwohl ich meine Mutter nie kennengelernt hatte, verursachte mir das Wissen, dass sie kurz nach meiner Geburt auf grausame Weise ermordet worden war, ein Gefühl der Ohnmacht und tiefe Übelkeit. Und noch etwas spürte ich tief in mir. Wut. Wut darüber, dass jemand oder etwas auf dieser Welt einem unschuldigen Wesen das Leben und einem Säugling die Mutter genommen hatte. Ich wusste nicht, ob West die Wahrheit sagte, aber warum sollte er mich anlügen? Bis vor wenigen Wochen hatte ich nicht einmal gewusst, dass er existierte. Ja, er wusste viel über mich, und ich nahm an, dass er mir die Wahrheit sagte.

Es war kurz vor zehn. Die Pension würde in einer Stunde schließen, also beeilte ich mich, um den Rest der Geschichte zu hören.

Als ich am Tisch ankam, stand mein Whisky auf dem Tisch, und ich leerte das Glas, ohne es abzusetzen. Ian hatte ein paar Züge an einer neuen Zigarre genommen und ein wenig an seinem Drink genippt. Jetzt sah er so alt aus, wie er wirklich war; die militärische Kraft war verschwunden, vor mir saß nur noch ein alter, erschöpfter Mann, den die Erinnerung quälte.

»Ich dachte mir, Isaac, dass Sie etwas frische Luft brauchen. Danke für den Whisky.«

Noch einmal nippte er an dem Glas mit dem bernsteinfarbenen Getränk und sprach weiter, bevor ich etwas sagen konnte.

»Ich taumelte fast die Treppe hinunter, Tränen der Wut, der Trauer und der Bestürzung in den Augen. Ihr Vater hielt mich fest, bevor ich über die letzte Stufe stolpern konnte.

Ich fragte ihn, was er vorhabe, und seine Reaktion überraschte mich. Kein Wort davon, die Polizei zu rufen. Seine einzige Sorge galt Ihnen, und er war besessen von dem Gedanken, Sie in Sicherheit zu bringen. Damals habe ich das natürlich nicht verstanden. Erst viel später, als ich mehr über Ihren Vater erfuhr, wurde mir die Gefahr bewusst, in der Sie beide schwebten.

Bevor ich mich versah, rannte Ihr Vater aus dem Haus und ging zur nächsten Telefonzelle. Ich folgte ihm und fragte mich, ob George vor Schmerz den Verstand verloren hatte und was ich tun sollte. Als ich bei der Zelle ankam, hatte er gerade aufgelegt und sagte, dass gegen Mitternacht ein Auto kommen würde, um ihn und Sie, Isaac, abzuholen. George sagte, er habe einen sicheren Ort organisiert.

Er wollte mir nicht sagen, was er vorhatte, aber ich erpresste ihn mit der Drohung, zur Polizei zu gehen, auch wenn das unsere Freundschaft gefährden würde. Ich konnte und wollte ihn in diesem Moment nicht allein lassen, da ich nicht wusste, was er tun würde. Die einzige Lösung schien mir zu sein, ihn unter Druck zu setzen, auch wenn das in diesem Moment nicht die galanteste Art war. Schließlich einigten wir uns darauf, uns gemeinsam auf den Weg zu machen, und so landeten Sie zwei Tage später in diesem Kinderheim in Bristol, von wo aus die Kanes Sie kurze Zeit später adoptierten. Wir haben Sie dort anonym abgegeben, damit man keine Rückschlüsse auf Ihre Herkunft ziehen konnte. Der Leiter des Kinderheims war vorher informiert worden, damit es keinen lästigen Papierkram gab. Natürlich habe ich das damals auch nicht verstanden, aber ich hatte mir vorgenommen, Ihren Vater erst dann um Aufklärung zu bitten, wenn sich seine Gefühlslage etwas normalisiert hatte.

Obwohl George versuchte, Haltung zu bewahren, fühlte ich, wie schwer es ihm fiel, Sie aus seinen Händen zu geben. Um ehrlich zu sein, verstand ich damals nicht, wie ein Vater so etwas tun konnte, auch wenn ich nie an seinen Motiven zweifelte. Ich fragte mich die ganze Zeit, was passieren würde, wenn wir nach Birmingham zurückkehrten. Die Leiche Ihrer Mutter musste inzwischen gefunden worden sein, und Ihr Vater machte sich und natürlich auch mich verdächtig, mit Ihnen die Stadt verlassen zu haben und erst recht, ohne Sie zurückgekehrt zu sein. Aber nichts dergleichen geschah!

Ihr Vater setzte mich am übernächsten Tag wieder zu Hause ab und versprach mir auf mein Drängen hin, die Polizei zu informieren. Gleichzeitig bat er mich, am nächsten Abend gegen neun Uhr zu ihm zu kommen, da er mir einige Papiere geben wolle. Um nichts in der Welt wollte ich dieses Haus noch einmal betreten, was ich George auch sagte, aber er bat mich inständig, als sein Freund, also ging ich am nächsten Abend noch einmal zu ihm.

Ihr Vater wirkte angespannt und ich fragte ihn direkt, ob er die Polizei verständigt habe. Seine Antwort bestand darin, mich mit ins Schlafzimmer zu nehmen, obwohl sich jede Faser meines Körpers dagegen sträubte. Die Tür war wieder verschlossen, aber was ich erst jetzt bemerkte, war der Geruch von frischer Farbe. George öffnete das Zimmer und es sah aus, als hätte nie jemand darin gewohnt!

Die Wände waren weiß gestrichen und die blutdurchtränkten Holzbretter komplett ausgetauscht. Ich fragte, wie es möglich war, das Zimmer in so kurzer Zeit in diesen Zustand zu versetzen, und was mit der Leiche geschehen war. George erzählte mir, dass ein paar Freunde das für ihn organisiert hätten und dass er so auch nicht in Verdacht geraten würde, Nora ermordet zu haben. Ich glaubte ihm, dass er Ihre Mutter nicht getötet hatte, aber ich wusste auch, dass die polizeilichen Ermittlungen damals sehr zu wünschen übrig ließen. Der Tod durch den Strang wäre Ihrem Vater sicher gewesen, unabhängig von seiner Unschuld. Er sah den Zweifel in meinem Gesicht und erklärte mir, dass niemand gewusst habe, dass Nora ein Kind erwartete. Da sie in allem sehr vorsichtig vorgingen, hatten sie es vermieden, die Schwangerschaft in der Öffentlichkeit preiszugeben. Und Noras Abwesenheit ließ sich gut damit erklären, dass sie oft eine entfernte Tante in Bath besuchte, die aber vor drei Monaten gestorben war. Obwohl ich immer noch unsicher war, überzeugten mich die Argumente ihres Vaters und beruhigten mich.

Wir gingen wieder hinunter in die Stube und tranken noch ein Glas zusammen. Ich hatte ein mehr als schlechtes Gewissen, aber was sollte ich tun? Ihr Vater erzählte mir, dass er in den nächsten Wochen viel unterwegs sein würde, um die zur Rechenschaft zu ziehen, die ihrer Mutter das angetan hatten. Dass er ›die‹ sagte, wurde mir erst später bewusst. Ich versuchte, ihn davon abzubringen, weil ich dachte, dass es irgendwelche Verbrecher waren, die Ihrer Mutter das angetan hatten, und ich war um die Sicherheit ihres Vaters besorgt. Außerdem wollte ich nicht noch einen Freund verlieren. Aber der Entschlossenheit ihres Vaters hatte ich nichts entgegenzusetzen. Hätte ich damals gewusst, was ich heute weiß, wäre meine Reaktion anders ausgefallen, aber an diesem Abend blieb mir nichts anderes übrig, als zu akzeptieren, was ihr Vater bereits entschieden hatte. Wir tranken noch ein Glas, dann gab er mir zwei Briefe.

Der eine war für den Fall, dass ihm etwas zustoßen sollte. Darin sollte ich Anweisungen finden. Der andere Brief war auch für den Fall, dass ihm etwas zustoßen sollte, aber ich sollte ihn erst öffnen, wenn der Inhalt des ersten Briefes ›etwas bewirkt hatte und die Zeit gekommen war‹, wie er sich kryptisch ausdrückte.

Ich verstand natürlich nichts, versprach aber, alles zu tun, was er von mir verlangte. Wir tranken noch ein Glas, bevor ich das Haus schließlich verließ und in meine Wohnung zurückkehrte.

Das war das letzte Mal, dass ich Ihren Vater lebend gesehen habe.«

19

Wir schwiegen einige Minuten. Jetzt wurde mir klar, warum ich nie etwas über meine Eltern herausfinden konnte. Während ich meinen Gedanken nachhing, ging West zur Rezeption, um der Wirtin noch einen Schein zuzustecken, damit wir länger im Speisesaal bleiben konnten. Bei der Gelegenheit brachte er uns noch einen Whisky mit. Alkohol war noch nie mein Freund. Trotzdem blieb die Wirkung aus. Anscheinend war mein Körper zu aufgedreht, und das Adrenalin kompensierte den Alkoholgehalt des Whiskys.

»Was ist mit meinem Vater passiert, Ian?«, fragte ich.

West sah mich an und zog noch einmal an seiner Zigarre, deren Rauch den Speisesaal allmählich einhüllte, bevor er weitersprach.

<h2 style="text-align:center">20</h2>

»Ungefähr zwei Wochen, nachdem ich bei Ihrem Vater war, kam die Polizei zu mir nach Hause. Natürlich war ich nervös und hatte die Befürchtung, dass man herausgefunden hatte, was mit Ihnen und Ihrer Mutter geschehen war. Und jetzt würden sie mich wegen Beihilfe zu einem Verbrechen verhaften. Stattdessen baten mich die Beamten, mit aufs Revier zu kommen, um jemanden zu identifizieren, den ich vielleicht kannte. Der zuständige Kommissar, dem jeder Handgriff zu viel zu sein schien, begrüßte mich und fragte, ob ich mir eine Leiche ansehen könnte. Ein Mann war tot aufgefunden worden, und unter seinen wenigen Habseligkeiten befand sich in einem kleinen Heft meine Adresse. Ich wusste, dass Ihr Vater in den letzten Jahren wenig Kontakt hatte, aber dass ich der Einzige sein sollte, von dem etwas zu finden war? Das überraschte mich.«

West trank einen Schluck Whisky und etwas Wasser. Der Mann ignorierte meine Ungeduld, den Rest der Geschichte zu hören. Er ist alt, musste ich mir immer wieder sagen. Und ich schämte mich dafür, schließlich sah ich, wie alte Wunden wieder aufbrachen und zu schmerzen begannen. Also versuchte ich, ruhig zu bleiben und zu warten. Auch wenn es mir wie eine Ewigkeit vorkam, bis er fortfuhr.

»Jedenfalls führten sie mich in die Leichenhalle, die an das Revier angrenzte, wo auf einem der Tische unter einem weißen Tuch ein Körper lag. Das Tuch war an einigen Stellen blutbefleckt. Der Kommissar stöhnte und wirkte genervt, als ob auch dies zu viel für ihn wäre. Langsam machte sich Wut in mir breit und ich verspürte den Impuls, den Mann anzuschreien. Ich wollte das, was vor mir lag, so schnell wie möglich hinter mich bringen, und dieser Mann schien sich nur für seine eigene Befindlichkeit zu interessieren. Schließlich zog er das Tuch bis zum Hals herunter, und ich erkannte sofort Ihren Vater. Seine Augen waren geschlossen und sein Mund wirkte wie unter Zwang geschlossen, aber sonst sah er friedlich aus. Mein Herz schien für einen Moment still zu stehen, als ich ihren Vater dort liegen sah, während mich der Kommissar mürrisch ansah.«

»Aber was war mit dem Blut?«, fragte ich aufgeregt.

»Interessanterweise erwähnte der Kommissar diese Tatsache nicht, obwohl sie offensichtlich war. Aber ich wollte es zu diesem Zeitpunkt einfach hinter mich bringen, also erkundigte ich mich nicht. Wahrscheinlich auch, weil ich mögliche Rückfragen vermeiden wollte. Also sagte ich ihm, der Tote sei George Carter und ich hätte ihn zuletzt vor ein paar Wochen gesehen. Ich dachte, ein bisschen ungenau zu sein, könnte nicht schaden. Als ich nachfragte, was genau passiert sei, sagte der Beamte nur, Ihr Vater sei tot im Industriegebiet gefunden worden. Er habe zwar Papiere bei sich gehabt, aber sie hätten eine Bestätigung seiner Identität gebraucht. Dafür hätten sie mich geholt. Ansonsten meinten sie, er sei betrunken eingeschlafen und im Schlaf gestorben. Ich war schockiert, denn das Blut deutete darauf hin, dass Gewalt im Spiel gewesen sein musste. Aber als ich den Kommissar darauf ansprach, entgegnete er genervt, dass sich wahrscheinlich Jugendliche an der Leiche zu schaffen gemacht hätten und die Polizei den Tod als Unfall zu den Akten legen würde. Mit jeder Faser seines Körpers gab mir der Polizist zu verstehen, dass er nicht gewillt war, mit mir weiter über dieses Thema zu diskutieren! Die Frage, warum man, wenn man seinen Namen bereits kannte, nicht Ihre Mutter kontaktierte, von deren Tod noch niemand wusste, habe ich mir erst viel später gestellt.«

Ich war außer mir, und Ian konnte das sehen. Warum hatte die Polizei kein Interesse daran, den Fall aufzuklären? Und wussten sie zu diesem Zeitpunkt schon vom Tod meiner Mutter? Das würde bedeuten, dass es sie genauso wenig interessierte wie der Tod meines Vaters, oder dass sie etwas damit zu tun hatten.

»Glauben Sie mir, Isaac, ich war auch wütend, aber ich hielt es für besser, zu schweigen, um nicht selbst in Schwierigkeiten zu geraten. Ich ging mit dem Beamten zurück ins Büro, unterschrieb ein paar Papiere und bat dann, auf die Toilette gehen zu dürfen. Als ich sicher war, dass ich nicht beobachtet wurde, schlich ich mich zurück in die Leichenhalle. Ich musste unter das Tuch schauen, um zu sehen, woher das Blut kam. Die Leiche Ihres Vaters lag immer noch unverändert auf dem Tisch. Alles in mir sträubte sich dagegen, aber ich zwang mich, das Tuch anzuheben.«

West machte wieder eine Pause. Ich sah ihm an, wie schwer es ihm fiel, in die Vergangenheit zurückzukehren. Die Minuten vergingen und ich wurde immer ungeduldiger. Mrs. Higgins hatte uns inzwischen eine gute Nacht gewünscht und die Eingangstür abgeschlossen. In der Rezeption brannte nur eine einzige Lampe und der hölzerne Tresen wirkte wie eine einsame Insel. Auch im Speisesaal schimmerten nur noch eine Handvoll Lichter. Ich fühlte mich unbehaglich, nicht zuletzt wegen der Geschichte, die

West hier erzählte. Etwas, das ich mir nicht erklären konnte, obwohl ich während meiner Studien und Ausgrabungen mit vielen unheimlichen Dingen in Berührung gekommen war. Aber diese Dinge hatten nie etwas mit mir zu tun. Hinzu kam die psychische Belastung durch die Erzählung von West, der nicht weniger angegriffen wirkte.

Bevor er weitersprach, leerte Ian sein Glas.

»Wie erwartet, war Georges Körper mit Blut bedeckt. Man hatte ihm die Kleider ausgezogen, so dass ich gut sehen konnte, was die Blutungen verursacht hatte. Auf der Brust Ihres Vaters war mit einem Messer eine exakte Kopie des Pentagramms eingeschnitten worden, das ich damals im Schlafzimmer an der Wand gesehen hatte. Um das Fünfeck herum befanden sich unzählige kleine, kaum lesbare Zeichen – auch sie identisch mit denen, die ich am Tatort Ihrer Mutter gesehen hatte. Damit war für mich alles klar. Jugendliche, von wegen. Die Tode Ihrer Eltern hingen zusammen!«

21

Irgendwie hatte ich mir das schon gedacht, deshalb war ich weniger schockiert, als man vielleicht erwarten würde. West fügte hinzu, er habe dafür gesorgt, dass mein Vater im Grab meiner Mutter beerdigt wurde. Da die Polizei wie zu erwarten keine weiteren Ermittlungen einleitete, wurde der Fall zu den Akten gelegt.

»Aber was ist mit den Briefen meines Vaters, Ian?«, fragte ich aufgeregt. Es musste noch mehr geben, da war ich mir sicher. Sonst würden wir beide wohl kaum hier sitzen. Schließlich hatte Ian in dem Brief, den Chris mir gegeben hatte, neben vielen Andeutungen auch von Aufgaben und

Entscheidungen gesprochen, war dabei aber sehr vage geblieben.

»Warum haben Sie sich so intensiv mit Parapsychologie beschäftigt, Isaac?«

Ich stutzte. Was hatten mein Studium und meine Kurse mit dem Tod meiner leiblichen Eltern und den Briefen meines Vaters zu tun? Lange schon hatte ich nicht mehr über meine Entscheidungen nachgedacht, ich hatte sie für allgemeine berufliche Überlegungen gehalten. Doch ich spürte stets, dass da mehr unter der Oberfläche war, und mich immer bemüht, es zu unterdrücken. Vielleicht war jetzt, angesichts der Situation, die Zeit gekommen, es herauszulassen, und nach einem kurzen Moment des Innehaltens antwortete ich: »Wenn ich ganz ehrlich bin, war es ein inneres Bedürfnis, fast ein Zwang, so dass ich gar nicht anders konnte. Wahrscheinlich wusste mein Unterbewusstsein schon mehr, als ich noch argumentierte, dass Parapsychologie gut zu meinem Hauptstudium passen würde. Warum fragen Sie, Ian?«

West zündete sich eine neue Zigarre an, bevor er weitersprach. Mrs. Higgins würde gut lüften müssen, bevor sie morgen früh das Frühstück servierte; der ganze Raum hing jetzt in grauen Schwaden. Ich schluckte nervös und unterdrückte ein Husten.

»Sagen Sie mir zuerst, woran Sie glauben. Ich möchte wissen, ob Sie mich für verrückt erklären, wenn ich Ihnen sage, was Ihr Vater wirklich getan hat und warum er gestorben ist, oder ob Sie mir weiter zuhören. Denn ich brauche Sie, Isaac.«

»Warum reden Sie um den heißen Brei herum? Was genau wollen Sie mir erzählen?«, fragte ich ungeduldig.

Aber West blieb hartnäckig. »Woran glauben Sie?«, bohrte er nach, und ich wusste, dass ich ihm eine Antwort geben musste, bevor er fortfahren würde. Ich wollte schon zu einer ausgedehnten Rede über parapsychologische Fragestellungen ansetzen, als mir klar wurde, dass das nicht die Antwort war, die er hören wollte.

Nach einem Moment des Nachdenkens antwortete ich ehrlich: »Ich weiß es nicht. Werden Sie es mir sagen? Was ist so ungeheuerlich, dass Sie mir diese Frage stellen?«

Ian sah mich ernst an und atmete tief durch, bevor er antwortete.

»George Carter hat Dämonen und Geister gejagt und wurde von einem Dämon getötet, genau wie Ihre Mutter!«

22

Nach diesem Satz schwiegen wir beide einige Minuten. Ian lehnte sich zurück, rauchte weiter seine Zigarre und wartete auf eine Reaktion von mir. Als ich das Wort ergriff, sprach ich lauter, als ich wollte.

»Sie locken mich hierher und erzählen mir so einen Blödsinn?«

West hielt sich den Zeigefinger vor den Mund, damit ich leiser sprach. Ich war verwirrt von meinen Gefühlen und dem, was der alte Mann mir erzählte.

»Bitte, Isaac, lassen Sie mich Ihnen den Rest der Geschichte erzählen und den Grund, warum ich Sie hierher gebracht habe. In Ordnung?«

Ich weiß nicht warum, aber meine Wut verflog schnell. Tief in mir spürte ich, dass West die Wahrheit sagte, oder zumindest das, was er dafür hielt. Ich glaube, ich hatte einfach Angst und reagierte deshalb so schroff. Und ja, da waren immer noch diese Finger, die Chris mir gezeigt hatte und die ich nicht identifizieren konnte. Ich beschloss, das Spiel vorerst mitzuspielen und abzuwarten. West fuhr fort.

»Als ich an diesem Abend nach Hause kam, war ich am Boden zerstört. Ich hatte keine Ahnung, was diese seltsamen Zeichen zu bedeuten hatten und was ich tun sollte. Sie müssen wissen, dass ich bis zu diesem Abend weder wusste, was George tat, noch an irgendeine Art von Spuk glaubte. Hätte mir jemand bis zu diesem Abend eine Geschichte wie die eben erzählt, hätte ich genauso reagiert wie sie. Aber ich hatte mit eigenen Augen gesehen, was ihren Eltern zugestoßen war, und versuchte, keine voreiligen Schlüsse zu ziehen. Ich nahm einen Drink, setzte mich an den Kamin und öffnete den ersten der beiden Briefe. Den zweiten las ich erst viele Jahre später.«

West nahm einen weiteren Zug von seiner Zigarre und trank einen Schluck Wasser. Meine eigene Kehle war völlig ausgetrocknet, was ich vor Anspannung kaum bemerkte. Ich musste wissen, wie es weiterging.

»Ich werde hier nicht den ganzen Wortlaut des Briefes wiedergeben, da er auch einige sehr persönliche Mitteilungen enthielt, aber Ihr Vater teilte mir mit, dass er seit einigen Jahren als Dämonenjäger tätig war und einer sehr losen Gesellschaft von Männern in England angehörte, die mit ihm gegen das kämpften, was er ›das Böse‹ nannte. Er hatte mir nie davon erzählt, weil er mich nicht in Gefahr bringen wollte und nicht wusste, ob ich ihm glauben würde. Der Brief enthielt auch die Namen einiger Personen, die ich über den Tod Ihres Vaters informieren sollte. Außerdem enthielt er Zeitungsartikel über Verbrechen, die damals sehr blutig begangen, aber nie aufgeklärt worden waren. Zu jedem dieser Verbrechen gab mir Ihr Vater Daten oder Namen von ›Menschen‹, die dafür verantwortlich waren. Er beschrieb auch Orte, an denen er seine Waffen versteckt hatte, die ich holen und den anderen Kämpfern übergeben sollte. Zum Schluss schrieb er, ich solle mir alles einprägen und den Brief verbrennen. Es dürfe keine Aufzeichnungen geben, um niemanden in Gefahr zu bringen. Und ich dürfe niemandem sagen, wohin wir Sie gebracht haben, Isaac, denn dann wären auch Sie in Gefahr. Ich weiß, wie absurd dies alles klingt, und auch mir kamen Zweifel, als ich den Brief las, obwohl ich doch gerade erst in der Leichenhalle gewesen war. Aber dann erinnerte ich mich an den Abend, an dem Ihre Mutter starb.

Erinnern Sie sich, dass ich das Gefühl hatte, dass das Blut auf dem Boden des Schlafzimmers Ihrer Eltern schwarz war? Ihr Vater schrieb mir, dass Ihre Mutter von einem Dämon getötet wurde, den Ihr Vater seit einiger Zeit jagte. Als er an diesem Abend nach Hause kam, wartete der auf ihn, aber Ihr Vater konnte ihn verletzen und der Dämon floh. Deshalb das schwarze Blut. Ich glaube, der Dämon ist zurückgekommen und hat Ihren Vater getötet. Und ich konnte diese Bestie nie zur Rechenschaft ziehen.

Auf einem anderen Blatt des Briefes stand der Name eines Geschäftsmannes aus Birmingham. Nach den Aufzeichnungen Ihres Vaters war er für den Tod mehrerer junger Frauen verantwortlich, indem er sie entführte, sterben ließ und dann ihre Leichen aß! Ja, ich war genauso angewidert wie Sie, Isaac, als ich das las. Ich sollte den Namen einem der Kämpfer geben, sie würden sich um ihn kümmern. Aber in meiner Wut WOLLTE ich die Arbeit Ihres Vaters fortsetzen! Also holte ich die Waffen aus dem Versteck. Da war ein sechsschüssiger Revolver, der mit Silberkugeln geladen war. Außerdem fand ich ein Kurzschwert aus einer Stahl-Silber-Legierung, das mit verschiedenen Symbolen verziert war. Dazu kam ein kurzes, handliches Beil, dessen Schneide aus Silber bestand. Das Ganze war in ein Priestergewand gehüllt und mit einem langen Rosenkranz aus kleinen Steinperlen mit einem pechschwarzen Kreuz zusammengebunden.

Am nächsten Abend suchte ich den Geschäftsmann auf. Sein Haus lag direkt gegenüber einem Industriegebiet, in dem sich vor allem Textilbetriebe angesiedelt hatten. Nur wenige der dunklen, flachen Produktionsgebäude waren noch beleuchtet, da nicht überall im Schichtbetrieb gearbeitet wurde, was mir entgegenkam. Die Fassade des zweistöckigen Gebäudes war sicher einmal schön gewesen, aber inzwischen war sie zu einer unansehnlichen Mischung aus Braun und Schwarz verkommen. Das Haus lag etwas zurückgesetzt zwischen zwei größeren Gebäuden, die wohl einmal als Mehrfamilienhäuser gedient hatten, jetzt aber verlassen waren. Vor beiden Häusern stand ein Zaun mit einem ›Betreten verboten‹-Schild. Auch das Haus des Geschäftsmannes wirkte auf den ersten Blick verlassen, da alle Fenster von innen verhängt waren und man nicht hineinsehen konnte. Natürlich wollte ich nicht einfach an der Tür klingen, also suchte ich ein offenes Kellerfenster. Ich musste aber bald feststellen, dass alle Fenster vergittert waren und mir das Haus mehr und mehr wie ein Gefängnis vorkam. Schließlich fand ich Zugang durch eine Kellertür, die unter der Last der Jahre ihre Stabilität verloren hatte und mir den Zugang ermöglichte.

Ich verzog das Gesicht, als ich den Verwesungsgeruch wahrnahm. Es stank. In diesem Haus waren Menschen gestorben. Ich nahm den Revolver und durchsuchte den Keller. Angst durchzog mich die ganze Zeit. Jeder Schritt kostete mich Kraft, und immer wieder blickte ich zurück, um mich zu vergewissern, dass ich nicht bemerkt worden war. Als ich aus dem Erdgeschoss das Zuschlagen der Kellertür und Schritte auf der Treppe hörte, versteckte ich mich und wartete. Das Aussehen des Mannes schockierte mich. Seine Haut war extrem blass, schien aber auch einen leichten Stich ins Hellgrüne zu haben. Ich konnte erkennen, dass er geschminkt war, denn er wischte sich im Vorbeigehen Farbe von Gesicht und Händen. Sein Geruch erinnerte mich an feuchte Erde, Moder und etwas, das ich nicht identifizieren konnte. Er öffnete eine Tür am Ende des Ganges. Als die Tür aufschwang, sah ich im Raum dahinter eine junge, dunkelhaarige Frau, die an die Wand gekettet war. Sie war geknebelt, aber ihre Stimme zerschnitt jedes Gefühl. Angst, Schmerz und Wut drangen aus ihr heraus, dass ich es bis dort hören konnte, wo ich stand.

Ich zögerte nicht lange, sprang aus meinem Versteck und riss die Waffe hoch. ›Hände hoch‹, rief ich dem Mann noch zu. Er schien nicht überrascht. Seine kehlige Stimme erwiderte, dass er mich schon gerochen habe, als ich draußen auf der Straße ums Haus geschlichen sei.

Er kam mit ausgebreiteten Armen auf mich zu. Sollte ich auf ihn schießen? Mein kurzes Zögern genügte, und mit einem Satz sprang er mich an und riss mich von den Beinen. Wir rutschten über den schmutzigen Kellerboden und er versuchte, mir ins Gesicht zu beißen. Irgendwie waren aus seinen Händen Krallen gewachsen, die er mir in den Oberschenkel rammte. Dass ich hinke, haben Sie sicher gesehen, Isaac.

Ich schrie, aber es gelang mir, ihn von mir zu stoßen. Die Pistole verlor ich bei dem Sturz, aber den Rosenkranz hatte ich mir vorher um das Handgelenk gewickelt, ohne viel darüber nachzudenken. Ich sprang auf die Beine und streckte die Hände nach vorne. Er stieß ein Stöhnen aus, als er das Kreuz vor seinem Gesicht baumeln sah. Es schien alles wahr zu sein, was Ihr Vater geschrieben hatte!

Geistesgegenwärtig nahm ich den Rosenkranz ab und warf ihn über den Kopf des Mannes, etwas, das ich von dem ableitete, was Ihr Vater über diese Art von Dämonen geschrieben hatte. Der Mann fiel zu Boden und schrie. Ich sprang über ihn, um die Waffe aufzuheben. Mein verletztes Bein knickte weg, ich rutschte in meinem Blut aus.

Als ich mich umdrehte, sah ich Rauch aus seiner Haut aufsteigen, die sich schwarz und blau verfärbte, wo der Rosenkranz sie berührte. Als er wieder nach mir greifen wollte, gab ich reflexartig drei Schüsse ab, die in dem engen Kellergang ohrenbetäubend hallten.

An diesem Abend tötete ich meinen ersten Ghoul!«

23

Jeder andere wäre in diesem Moment aufgestanden und wortlos gegangen!

Aber irgendwie WUSSTE ich, dass alles, woran Ian West zu glauben schien, der Wahrheit entsprach. Glaubte ich ihm, dass er ein Fabelwesen aus der arabischen Mythologie getötet hatte? Natürlich wusste ich, was Ghouls waren, aber ich hätte ihre Existenz mit Sicherheit geleugnet. Hatte er eine junge Frau aus den Fängen eines Wahnsinnigen befreit? Davon war ich überzeugt. Und doch fragte mich eine leise Stimme in meinem Hinterkopf, warum ein gebildeter Mann und Freund meines Vaters mir Lügengeschichten erzählen sollte.

West war von der Erzählung erschöpft. Er fuhr fort, dass er Kontakt zu den anderen Kämpfern aufgenommen habe und von da an selbst als Dämonenjäger unterwegs gewesen sei. Außerdem habe er die lose Vereinigung organisiert, um sich gegenseitig besser unterstützen zu können. West war seit vielen Jahren der Anführer dieser Gruppe, die auch Verbindungen in andere Länder pflegte. Spätestens an dieser Stelle wurde mir endgültig klar, dass der Mann keine Schauergeschichten erzählte.

Man finanzierte sich durch Spenden von Gönnern oder Industriellen, denen man erklärte, sich um Dinge zu kümmern, die die Polizei nicht lösen konnte. Chris und Tom waren Ian persönlich zugeteilt, für den Fall, dass sein Alter ihn in bestimmten Situationen behindern würde oder er den Schutz von Leibwächtern benötigte.

»Angenommen, das alles stimmt«, sagte ich, »warum genau sind wir beide jetzt hier?«

West lächelte müde, nahm einen letzten Zug von seiner Zigarre und leerte sein Glas.

»Ich habe Ihnen doch geschrieben, dass Vincent Manor für Sie äußerst interessant sein wird. Historisch und archäologisch natürlich. Aber um ehrlich zu sein, Isaac, das ist nur der halbe Grund, warum ich Sie hergebeten habe. Schließlich haben Sie nicht nur Archäologie und Geschichte studiert, sondern auch Parapsychologie. Was würden Sie sagen,

wenn dort ein Werwolf sein Unwesen treibt und ich Sie mit-
nehme, damit wir ihn gemeinsam bekämpfen?«

24

Ich atmete tief durch und versuchte, mich zu sammeln. Gedanken rasten durch mein Gehirn, prallten aufeinander, ver-
hedderten sich und stoben wild auseinander. In meinem
Kopf herrschte Chaos. Die vielen Informationen des
Abends hatten mich zudem völlig erschöpft. Diesmal war es
also ein Werwolf. Irgendwie überraschte mich Ians Offerte
nicht sonderlich.

»Woher wissen Sie, dass es ein Werwolf ist, und warum
sind Sie so sicher, dass Sie ihn bekämpfen können? Schließlich haben wir keinen Vollmond, um bei den Mythen zu
bleiben.«

Ich war mir sicher, dass West verstanden hatte, was ich mit
meiner Frage nach dem Vollmond bezweckte, aber er blieb
unbeeindruckt.

»Wir forschen gut, wissen Sie. Es gibt genügend Hinweise,
dass Menschen einen Wolf gehört haben. Gesehen hat ihn
zugegebenermaßen lange niemand. Aber vor drei Wochen
haben wir dafür gesorgt, dass der Werwolf sich in Gänze gezeigt hat. Und wir haben ihn geködert, indem wir einem
Einbrecher einen Tipp gegeben haben, dass es auf Vincent
Manor etwas zu holen gibt. Der Plan war, den Werwolf mit
einem potenziellen Opfer abzulenken, das Opfer zu retten,
den Werwolf zu verletzen und einen Beweis seiner Existenz
mitzunehmen, der Sie hierher bringen würde. Das mit dem
Beweis hat funktioniert. Was Chris Ihnen brachte, waren die
ersten beiden Finger des Werwolfs. Ich habe sie konserviert,

damit sie nicht zerfallen. Leider hat jemand bei der Planung versagt, und als wir am Herrenhaus ankamen, war der Wolf bereits über den Einbrecher hergefallen. Im Nachhinein war der Plan ohnehin zum Scheitern verurteilt, das weiß ich jetzt auch. Wir haben die beiden getrennt und dem Wolf im Kampf die Finger abgehackt. Der Werwolf ist daraufhin geflohen. Dem Einbrecher konnten wir nicht mehr helfen. Etwas, das ich zutiefst bereue, das müssen Sie mir glauben.«

»Und warum haben Sie den Wolf nicht einfach getötet?«, fragte ich mit eisiger Stimme.

»Glauben Sie mir, Isaac, nachdem ich mit ansehen musste, was er dem armen Mann angetan hat, wollte ich ihn erschießen. Ich war voller Wut auf ihn und auf mich selbst. Aber als ich die Waffe zog, war er schon verschwunden. Im Nachhinein war ich froh, dass er mir entkommen war, denn wie hätte ich Sie sonst hierher bringen können? Sie hätten mir doch niemals geglaubt. Außerdem möchte ich, dass Sie verstehen, wogegen Ihr Vater gekämpft hat. Ich bin sicher, dass Sie eine Bestimmung in sich spüren, und ich muss herausfinden, ob Sie sich dieser Bestimmung stellen oder ob Sie sagen, das ist nicht mein Kampf.«

West sah mir müde in die Augen, als er aufstand, um in sein Zimmer zu gehen.

»Und Werwölfe haben nichts mit dem Vollmond zu tun, das wissen Sie doch aus Ihren Studien. Ja, es gibt einen Zyklus der Verwandlung, aber der ist völlig unabhängig vom Mond. Der Mensch spürt, dass die Verwandlung kommt, und dann entscheidet er, was er tut. Schlafen Sie gut, Isaac. Wir sehen uns morgen zum Frühstück. Es steht Ihnen natürlich frei, mich nicht zu begleiten, aber ich glaube, Ihre wissenschaftliche Neugier wird siegen. Ich bin weder verrückt, noch erzähle ich Ihnen Märchen. Und ich bin sicher, dass Sie das auch spüren. Begleiten Sie mich, und ich versichere Ihnen, dass Ihre Zweifel morgen Abend verschwunden sein werden!«

25

Sara Vincent blickte müde aus dem Fenster ihres Schlafzimmers auf den parkähnlichen Garten von Vincent Manor. Hinter den Nebelschwaden, die das Haus umhüllten, war die Sonne kaum zu sehen. Der Wetterbericht hatte trübes Wetter vorhergesagt und vor einem Herbststurm am Abend gewarnt.

Mit wenigen Handgriffen hatte sie ihr Zimmer aufgeräumt und das Bett gemacht. Ihr Vater, Sir Frederic, hatte sich mit dem Frühstück in sein Arbeitszimmer zurückgezogen. Sara machte sich Sorgen um ihn. Seit einigen Wochen war er nicht mehr so agil, wie sie ihn kannte, aber jedes Mal, wenn sie ihn darauf ansprach, winkte er ab und vertröstete sie. Er sei nicht mehr der Jüngste, im Herbst sei man öfter krank und andere Sätze, die für Sara alle wie Ausreden klangen. In letzter Zeit fragte sie immer seltener nach, denn sie wusste, wenn ihr Vater über etwas nicht reden wollte, konnte ihn nichts vom Gegenteil überzeugen. Und dennoch nahm er ihre Fürsorge wahr, indem er ihr bei jeder sich bietenden Gelegenheit sanft über das Haar strich, was sie seit ihrer Kindheit liebte.

Als Sara mit ihrem Zimmer fertig war, ging sie die breite Steintreppe hinunter, um sich einen Kaffee zu machen. Ihr Arbeitszimmer befand sich im Erdgeschoss des Hauses, im Gegensatz zu dem ihres Vaters, der sich für ein Zimmer im ersten Stock entschieden hatte. Er liebte den Blick über den Kiesweg in den Garten, aber seit einiger Zeit hatte er den Vorhang so zugezogen, so dass er ihn nicht mehr sehen konnte. Sara hatte sich gewundert, aber nicht nachgefragt. Wenn er ihr den Grund hätte sagen wollen, würde er es von sich aus tun. Nachfragen war zwecklos. Vermutlich hätte sie ohnehin keine befriedigende Antwort bekommen.

Das morgendliche Kaffeetrinken war eines der wenigen Rituale, das sie pflegte. Sie brühte den Kaffee frisch auf und genoss wie immer die erste Tasse des Tages, allein und in Gedanken. Mit der großen Tasse steuerte sie den bequemen roten Sessel an der großen Fensterfront im Wohnzimmer an. Sie liebte es, vor der Arbeit ein wenig in der Tageszeitung zu lesen und den Blick durch den Garten schweifen zu lassen, auch wenn die Grünflächen und Wege längst nicht mehr in dem Zustand waren, wie sie sein sollten.

Sara Vincent war für die Bewirtschaftung des Hauses zuständig, kümmerte sich um die Belange der Menschen, die von ihrer Familie Land und Wald gepachtet hatten, und organisierte die Aktivitäten ihres Vaters, der häufig Vorträge hielt, oder in politischen Zirkeln aktiv war.

Und sie machte sich Sorgen über ihre besondere Aufgabe und über den Besuch, der ausgerechnet heute kommen würde.

26

Wie nicht anders zu erwarten, schlief ich in dieser Nacht schlecht. Lange wälzte ich mich im Bett hin und her und dachte über das nach, was West mir erzählt hatte. Natürlich glaubte ich nicht an die Existenz von Dämonen, Monstern oder Geistern, aber es hatte alles so plausibel und überzeugend geklungen. Und warum sollte sich jemand so etwas ausdenken und was sollte er davon haben? Und welche Rolle spielte ich dabei?

Als ich endlich einschlief, hatte ich wirre Träume, in denen meine leiblichen Eltern auftauchten, blutüberströmt und tot, um mich zu warnen. Ich träumte auch von einem dunklen, verfallenen Schloss, in dem mich ein riesiger Werwolf mit blutroten Augen jagte. Immer wieder musste ich mich vor ihm verbergen. Voller Angst saß ich in einem Versteck, bis er mich fand. Dann rannte ich wieder davon, außer Atem und mit klopfendem Herzen. Als er mich mit einer seiner Pranken packte und durch die Luft schleuderte, erwachte ich mit einem Schrei und starrte mit weit aufgerissenen Augen in die Dunkelheit des Raumes. Ich zitterte am ganzen Körper und lauschte in die Stille des Hauses, ob mein Schrei gehört worden war. Nachdem ich mir sicher war, dass niemand etwas bemerkt hatte, verspürte ich das dringende Bedürfnis zu duschen, da mir das Laken am Körper klebte. Das Wasser tat gut und machte meinen Kopf wieder klar. Noch nie hatte ich so intensiv geträumt!

War Ian West ein Verrückter? Aber warum sollte er mir das alles erzählen? Was, wenn er die Wahrheit sagte? Mein Weltbild würde völlig aus den Fugen geraten, obwohl ich mein ganzes Leben lang gespürt hatte, dass es noch etwas anderes geben musste. Etwas, das parallel zu uns in der Dunkelheit existierte. Etwas, das uns beobachtete, benutzte und kontrollierte. Etwas, das ich fast spüren und fühlen konnte …

Eine Stunde später ging ich frühstücken. Ian hatte schon gegessen und saß trotz der morgendlichen Kälte draußen auf der Terrasse und rauchte eine seiner unvermeidlichen Zigarren. Wir besprachen kurz den Zeitplan. Keiner von uns ging auf das Gespräch vom Vorabend ein, es schien, als würden wir beide den heutigen Tag als eine Art Neuanfang betrachten. Zwei Stunden später verließen wir das Slaughtered Lamb und machten uns auf den Weg nach Vincent Manor.

27

Als die alte Standuhr elf schlug, blickte Sara in ihrem Arbeitszimmer von den Dokumenten auf, an denen sie arbeitete. Es war Zeit, das Mittagessen vorzubereiten, bevor der angekündigte Besuch eintraf. Ian West, der den Kontakt über einen mit ihrem Vater befreundeten Industriellen hergestellt hatte, würde gegen halb eins eintreffen und einen Archäologen mitbringen, der sich für Vincent Manor und seine Geschichte interessierte. Aufgrund des Gesundheitszustandes ihres Vaters war Sara der heutige Besuch nicht recht, daher beschloss sie, die Männer früh nach Hause zu schicken. So hätte sie genug Zeit, sich um ihren Vater zu kümmern.

Dieser war inzwischen aus seinem Arbeitszimmer gekommen und hatte sich stöhnend auf einen der Küchenstühle fallen lassen. Obwohl er fast sechzig Jahre alt war, hatte er immer noch volles schwarzes Haar, das ihm heute verschwitzt am Kopf klebte. Waren da nicht ein paar Falten mehr im Gesicht, die früher nicht da waren? Jedenfalls schienen seine sonst so wachen Augen von einem grauen Schleier bedeckt zu sein.

Sir Frederic trug einen blauen Gehrock, darunter eine beige Stoffhose und ein weißes Hemd. Seit einiger Zeit, Sara war sich nicht sicher, seit wann, trug ihr Vater auch im Haus dünne Lederhandschuhe. Angeblich, weil er beim Schreiben immer kalte Finger bekam.

Er wirkte krank auf Sara, und sie beschloss, eine Hühnersuppe zu kochen und frisch gebackenes Brot dazu zu reichen. Sie aßen fast schweigend.

»Ich bin nicht damit einverstanden, dass ausgerechnet heute diese Männer kommen«, beschwerte sich ihr Vater zwischen zwei Bissen. Natürlich hatte er Recht, aber sie versuchte, seine Bedenken zu zerstreuen.

»Keine Angst, ich werde dafür sorgen, dass du nicht gestört wirst. Und sie werden das Anwesen rechtzeitig verlassen.«

Sir Frederic sah sie einen Moment schweigend an, bevor er weiter aß.

Sara sah an ihm vorbei aus dem Fenster. Waren die Wolken jetzt schon dunkler geworden? Sie konnte nichts gegen das undefinierbare Grummeln in ihrer Magengegend tun. Und sie war nervös …

28

Fast einschläfernd zog die Landschaft an mir vorbei, während Ian die einsamen und engen Landstraßen nach Vincent Manor entlangfuhr. Ab und zu kamen wir an einem Gehöft vorbei, bevor es wieder auf gewundenen Straßen durch dunkle Wälder ging. Zwischendurch machten wir zweimal in Gasthäusern Halt. Ian erzählte mir, dass er mit Mitarbeitern sprechen müsse, um Aktivitäten zu koordinieren.

Während der Fahrt nahm sich Ian auch Zeit, mir ein wenig von meinen Eltern zu erzählen. Wie sie als Menschen waren, was Ian mit ihnen erlebt hatte und wie es war, als ich geboren wurde. Die schrecklichen Ereignisse ihres Todes ließ er aus, was mir sehr recht war.

Ich bekam einen ersten Eindruck von der Liebenswürdigkeit meiner Mutter und der Entschlossenheit meines Vaters, etwas, das für mich wichtig zu erfahren war. Wollte ich doch wissen, welche Eigenschaften mir meine Eltern vererbt hatten. Obwohl ich in allem dem entsprach, was meine Adoptiveltern mir beigebracht hatten, erkannte ich in Ians Erzählungen doch den einen oder anderen Charakterzug meiner leiblichen Eltern in mir wieder.

Wie geplant erreichten wir gegen Mittag Vincent Manor.

Das Tor stand offen, und West lenkte den Wagen die Auffahrt hinauf. Ich hatte das Fenster heruntergekurbelt, um einen besseren Blick auf das Anwesen zu haben. Außer dem Knirschen des Kieses unter den Reifen war nichts zu hören. Auf einem so ländlichen Anwesen erwartete ich das Zwitschern von Vögeln und vielleicht Nutztiere, aber selbst die Blätter der Bäume und Sträucher verhielten sich still, was der ganzen Atmosphäre eine unheimliche Note verlieh.

Der mächtige Gebäudekomplex war mindestens zweihundert Jahre alt. Die Fassade, die einmal schön und imposant gewesen sein musste, war schmutzig grau und wirkte heruntergekommen. An den Rändern des Gebäudes hatten sich Hecken und Efeu ihren Platz erobert und hielten das Haus mit ihren Ästen und Zweigen fest umschlungen. Ein Gärtner hatte hier sicher schon lange nicht mehr gearbeitet.

Rechts und links des Haupthauses waren später zwei kleinere Türme angebaut worden. Das konnte man an den unterschiedlichen Steinen erkennen. Alle Fenster der Türme waren zugenagelt.

Am äußersten linken Rand des Gebäudes führte eine breite Steintreppe in die Tiefe, wo sich nach meiner Erfahrung bei solchen Gebäuden die Keller und Katakomben befanden.

Das ganze Haus strahlte eine unangenehme Atmosphäre aus, was vielleicht auch daran lag, dass die Sonne wieder einmal hinter den Wolken verschwunden war und sich eine für diese Tageszeit viel zu intensive Dunkelheit ausgebreitet hatte. Mir fiel auf, dass viele Fenster des Haupthauses verhängt waren und einige Beschädigungen aufwiesen. Ich war mir sicher, dass der größte Teil des Hauses nicht mehr benutzt wurde.

Als West den Wagen direkt vor dem Haus parkte, öffnete sich die Tür und eine junge Frau kam heraus.

29

Sara Vincent faszinierte mich sofort. Sie war etwas kleiner als ich, hatte dunkelbraunes, schulterlanges Haar und wirkte sportlich mit ihrer schlanken Figur. Ihr schmales Gesicht hatte einen leicht melancholischen Ausdruck. Bekleidet war sie mit einem hellblauen Baumwolloberteil und einer Jeans. Um ihren Hals hing eine goldene Kette mit einem ebenfalls goldenen Medaillon. Vom Alter her schätzte ich sie auf Ende 20, Anfang 30. Das freundliche Lächeln, das sie zeigte, als sie die drei Stufen zu uns herunterkam, wirkte gespielt.

»Sie müssen Mr. West sein«, sagte sie zu Ian, während sie um das Auto herumging. Ihre Stimme hatte einen rauen Klang, der so gar nicht zu ihrem Äußeren passte.

»Sara!«, rief Ian und ergriff die Hand der jungen Frau. »Schön, dass es geklappt hat, dass wir heute das Haus anschauen können. Darf ich vorstellen: Dr. Kane. Er ist

Archäologe und unterrichtet in Cambridge. Ich habe ihm so viel über das Haus erzählt, dass er schon ganz neugierig ist.«

Für meinen Geschmack klang seine Freundlichkeit aufgesetzt, aber ich bewunderte den alten Mann fast für die Leichtigkeit, mit der er auf Menschen zugehen und mit ihnen spielen konnte. Ich reichte Sara die Hand.

»Bitte nennen Sie mich Isaac, niemand nennt mich Doktor«, sagte ich schmunzelnd. Mir fiel auf, dass ihre Augen sehr dunkel waren. Sara lächelte ebenfalls und ich spürte, dass sie mich zumindest interessant zu finden schien.

»Hallo. Ich bin Sara. Kommen Sie doch auf eine Tasse Kaffee oder Tee herein, bevor wir uns das Anwesen ansehen.«

Ich folgte ihr die Treppe hinauf. Ian gab mir ein Zeichen, dass er noch etwas aus dem Kofferraum holen und dann nachkommen würde.

30

Frederic Vincent hatte sich noch einmal in sein Arbeitszimmer zurückgezogen. Er war ein Freund des ›großen Auftritts‹, auch wenn ihm der heutige Besuch nicht behagte. Aber er wollte kontrollieren und entscheiden, ob und wann ihn jemand zu Gesicht bekam. Er fühlte sich immer noch krank, sein Körper kämpfte offensichtlich mit einer Infektion, die seine Abwehrkräfte zusätzlich schwächte.

Als die Männer eintrafen, beobachtete Sir Frederic sie vom Fenster aus. Der Jüngere wirkte freundlich und umgänglich. Der Ältere war interessanter. Schon von weitem sah man, dass mit ihm nicht zu spaßen war. Sicherlich militärisch ausgebildet und aristokratisch konservativ.

Nachdem die Männer im Haus verschwunden waren, wartete der Hausherr noch einige Minuten, bevor er hinunterging, um sie zu begrüßen.

31

Vincent Manor strahlte im Inneren eine gewisse Kälte und Fremdheit aus, die vielen alten Gebäuden eigen ist. Es war nicht einmal die Architektur, sondern eher das Gefühl, dass das Haus keine Menschen beherbergen wollte. Etwas, das schwer zu beschreiben ist und dass ich in dieser Form noch nie erlebt habe. Auch die Wahl der Einrichtung unterstrich dies. Fast alle Möbel schienen nur ihrer Funktion zu dienen. Nichts wirkte wohnlich, keine Dekoration, nichts, was aus einem Raum mehr machte als ein Zimmer mit Einrichtungsgegenständen. Es gab keine persönlichen Gegenstände, die etwas über die Menschen aussagten. Es schien, als wollten die ehemaligen Bewohner aus dem Gedächtnis derer verschwinden, die das Haus besuchten. Ich fragte mich, wie es die Bewohner hier aushielten.

Sara führte uns durch die Eingangshalle in den großen Wohnbereich. Links ging es zur Küche und zu den Wirtschaftsräumen. Rechts vom Eingang führte eine breite Steintreppe nach oben. Im Vorbeigehen berührte ich gedankenverloren das Geländer und fühlte mich sofort unwohl. Es war, als würde ich einen alten Transformator berühren. Ich spürte einen Druck in der Magengegend und mir wurde leicht schwindelig. Als ich das Geländer losließ, verschwand das Gefühl. Unsicher, was ich gerade erlebt hatte, folgte ich Ian und Sara und glaubte, im oberen Gang einen Schatten wahrgenommen zu haben, der sich auflöste, als ich versuchte, ihn zu fixieren. Ich fror, obwohl es im Haus sehr warm war. Für einen kurzen Moment hatte ich das Gefühl, das Haus selbst wolle mich loswerden. Fast schien es, als bestünde es aus mehr als nur Baumaterial, als führe es ein Eigenleben und wisse genau, wen es hier haben will und wen nicht.

»Ein interessantes Haus«, bemerkte West und unterbrach meinen Gedankengang. »Wie alt ist es genau?«

»Die ersten Bauabschnitte wurden um 1800 fertiggestellt«, erklärte Sara und führte uns in den Wohnraum. »Um 1830 war alles fertig, einschließlich der Stallungen, wobei die beiden Außentürme mehr der Zierde als der eigentlichen Nutzung dienten. Die Außengebäude sind neueren Datums.«

»War das Haus schon immer im Besitz Ihrer Familie?«, fragte Ian, der sich hingesetzt hatte, während ich durch den Raum ging und durch das große Fenster in den Garten blickte.

»Ja«, antwortete Sara, »meine Familie väterlicherseits stammt aus Nordengland, bevor sie sich hier niedergelassen haben. Sie waren Bankiers und wollten näher an London sein, auch wenn es damals noch eine längere Reise in die Hauptstadt war. Mütterlicherseits gab es Verbindungen in die hiesige Region, wie auch heute noch wurden Grundstücke und Teile des Waldes, die der Familie gehörten, an Bauern und an die Holzwirtschaft verpachtet.«

Die junge Frau seufzte, als sie den letzten Satz beendete, und ich hatte das Gefühl, dass sie damit eine Art Unzufriedenheit ausdrückte, wollte aber nicht unhöflich nachfragen.

Ich löste mich vom Fenster und sah Sara an. Dabei fielen mir die dunklen Ringe unter ihren Augen auf. Sie hatte wohl nicht genug geschlafen. Bevor ich etwas sagen konnte, fragte sie uns, was wir trinken wollten. Und ich war froh, dass ihre

Frage mich davor bewahrt hatte, eine persönliche Linie zu überschreiten.

Für uns reichte Kaffee. Auf dem großen Tisch, an dem Ian und ich saßen, stand schon Wasser, und ich schenkte Ian und mir je ein Glas ein.

»Was denken Sie, Isaac?«, flüsterte West, als Sara in die Küche ging.

»Worüber, Ian? Vom Haus oder von unserer Gastgeberin?«, grinste ich. »Aber im Ernst, das Haus ist sehr interessant, auch wenn es wahrscheinlich keinen wirklichen archäologischen oder historischen Wert hat. Was mich irritiert, ist die Atmosphäre. Selten habe ich mich in einem alten Haus so unwohl gefühlt. Ich wundere mich, dass es Ihnen nicht genauso geht, das Haus scheint uns mit aller Kraft abzuwehren. Auch wenn das zugegebenermaßen ziemlich verrückt klingt.«

Aber Ian lächelte nicht einmal, also schien meine Bemerkung doch nicht so absurd zu sein, wie ich dachte.

»Und ich vermisse die Dienstboten«, fuhr ich fort. »Niemand kann so ein altes Gemäuer allein bewirtschaften.«

»Es gibt zu wenig gutes Personal und ich schätze die Einsamkeit«, ertönte in diesem Moment eine männliche Stimme hinter uns, die mir in ihrer Intensität durch Mark und Bein ging.

32

Sir Frederic war unbemerkt in den Salon gekommen. Wie lange er schon dort stand und was er gehört hatte, blieb sein Geheimnis. Ian und ich standen gleichzeitig auf, um den Schlossherrn zu begrüßen.

Sir Frederic wirkte trotz seiner imposanten Stimme müde. Er sah Ian und mich grimmig an. Ich hatte das Gefühl, dass er nicht gesund zu sein schien. Sein Haar war verschwitzt und klebte ihm am Kopf. Das Gesicht, blass und mit tief liegenden Augen, war von einem dichten Bart bedeckt, der im Gegensatz zu seinem Haar grau und struppig aussah, als hätte er sich schon lange nicht mehr rasiert.

Abgesehen von dem sehr gepflegt wirkenden blauen Gehrock, den er trug, war er nicht das, was ich mir unter einem Schlossherrn vorgestellt hatte. Er erschien mir wie eine Mischung aus Bettler und Aristokrat. Dann sah ich die Handschuhe, die er trug, und mir lief ein Schauer über den Rücken. Warum trug der Mann in seinem Haus Handschuhe? Lag es an seiner schlechten körperlichen Verfassung oder daran, dass er vor ein paar Wochen seine Finger verloren hatte, die nun in einem Behälter mit Formaldehyd schwammen? Ich schaute zu Ian, der bereits auf ihn zuging, um ihm die Hand zu schütteln, aber Sir Frederic ging wortlos an ihm vorbei, schlenderte zum Fenster und blickte in den Garten.

Anscheinend mochte Sir Frederic keinen Besuch. Ich stutzte kurz und sah zu Ian hinüber, unsicher, wie ich mich verhalten sollte. Immerhin waren wir angekündigt worden. Ian sah mich entspannt an und lächelte ein wenig.

»Verzeihen Sie, wenn ich anmaßend war, Sir Frederic«, sagte ich, um das Eis zu brechen. »Ich habe mich nur gefragt, wie jemand ein so großes Anwesen allein in Stand halten kann.«

Der Hausherr drehte sich zu uns um. Sein anfänglicher Ärger schien zumindest etwas verflogen zu sein, denn er schaute mich freundlich an. »Kein Problem, Mr. …?«, fragte er.

»Mein Name ist Isaac Kane. Ich bin Dozent für Geschichte und Archäologie. Ich möchte mir gerne Ihr Anwesen ansehen. Mr. West hier hat mich eingeladen und mir gesagt, dass das Haus und seine Geschichte für mich und meine Studenten interessant sein könnten. Was ich hier auf den ersten Blick sehe, ist historisch äußerst spannend.«

Ian nickte nur, und ich konnte seine Anspannung fast spüren. Sir Frederic ließ sich nicht anmerken, dass ich gerade das genaue Gegenteil von dem gesagt hatte, was ich im Gespräch mit Ian erwähnt hatte, als der Hausherr uns überraschte. Vielleicht hatte er auch nur meinen letzten Satz über das Personal gehört.

Sara kam mit dem Kaffee zurück und bat uns, wieder Platz zu nehmen. Sir Frederic entschuldigte sich sogleich. »Sie sind bei meiner Tochter in guten Händen. Ich fühle mich nicht wohl und habe noch Arbeit zu erledigen. Vielleicht sehen wir uns später noch einmal. Ansonsten wünsche ich Ihnen eine gute Heimreise und würde mich freuen, wenn Ihnen mein Haus gefällt und es für die Ausbildung Ihrer Studenten hilfreich ist, dass Sie hier sind.«

Ian und ich hatten uns erhoben, um den Hausherrn zu verabschieden. Ich wäre interessiert daran gewesen, mich weiterhin mit Sir Frederic auszutauschen, und war ein wenig enttäuscht. Er hatte sicher einen anderen Blick auf das Anwesen als seine Tochter und ich hätte vielleicht mehr über sein wechselhaftes Verhalten erfahren. Aber natürlich ging seine Gesundheit vor.

»Ich danke Ihnen für die Gastfreundschaft, Sir Frederic. Vielleicht haben wir zu einem anderen Zeitpunkt die Möglichkeit, uns zu unterhalten.«

Ian bedankte sich mit einem Nicken und kurz danach waren wir mit Sara allein, die uns ein wenig über die architektonische Geschichte des Hauses erzählte, bevor sie uns durch das Anwesen führte.

33

Die Tochter von Sir Frederic zeigte uns zunächst die oberen Stockwerke des Anwesens, die noch begehbar waren. Dabei erzählte uns Sara ein wenig über das Zusammenleben mit ihrem Vater auf Vincent Manor, blieb aber immer an der Oberfläche.

»Mein Vater und ich leben nun schon seit einigen Jahren allein auf dem Anwesen«, erzählte sie, während wir die Treppe in den zweiten Stock hinaufgingen. »Ich habe meine ganze Kindheit hier verbracht und kann mich noch gut an die Zeit erinnern, als neben meinen Eltern auch meine Onkel und Tanten hier lebten. Und damals gab es auch noch Dienstboten, die sich um alles gekümmert haben.«

Sie seufzte, als sie den letzten Satz beendet hatte. Ich hatte das Gefühl, dass sie uns nicht alles erzählt hatte, und fragte nach.

»Wie ich Ihrem Vater schon sagte, so ein Haus kann man nicht zu zweit bewirtschaften. Darf ich fragen, warum Sie kein Personal mehr beschäftigen?«

Wir waren inzwischen im zweiten Stock angekommen und Sara blieb stehen und sah mich an. »Verzeihen Sie, Isaac, aber das ist eine sehr persönliche Frage. Wir sollten uns das Haus und die Zimmer ansehen, deshalb sind Sie doch gekommen.«

Sie drehte sich um und ging weiter. Ich sah Ian an, aber er zuckte nur mit den Schultern. Während Sara ihre Geschichte fortsetzte, dachte ich über ihre Antwort nach. Ich war nicht beleidigt, sondern begriff die Absicht hinter ihren Worten. Sie hatte mich absichtlich angegriffen, um mir ein schlechtes Gewissen zu bereiten und mich zum Schweigen zu bringen. Was war hier los und wer spielte welche Rolle?

Sara erzählte uns, dass sich hier im zweiten Stock die Privaträume von ihr und ihrem Vater befanden. Natürlich zeigte sie uns diese Zimmer nicht, ließ uns aber einen Blick in eine kleine Bibliothek und ein Ankleidezimmer werfen, die beide seit Jahren nicht mehr benutzt wurden. Auf den Regalen aus dunklem Eichenholz lag zentimeterdick der Staub, die Fensterscheiben waren fast blind. Gerne hätte ich einen Blick in die Bücher der Bibliothek geworfen, aber Sara war schon weitergegangen. Ich wollte sie nicht noch einmal verärgern, also folgte ich ihr und Ian widerstandslos.

»Hier oben ist noch eine Etage, die wir fast gar nicht mehr betreten«, erzählte Sara, während wir uns die Räume anschauten. »Zum einen sind die Zimmer dort viel kleiner. Und schon als mein Vater noch ein Kind war, hat man sich erzählt, dass es dort oben spukt.«

Die junge Frau schmunzelte und zum ersten Mal hatte ich das Gefühl, dass sie sich ein wenig entspannte. »Natürlich war ich als Kind da oben und habe nachgesehen. Nie allein, aber manchmal haben Freundinnen von mir hier übernachtet und wir hatten ein Ritual der Mutprobe. Wer sich nicht traute, musste den anderen etwas kaufen. Wir haben nie etwas anderes gesehen als alte Möbel und schmutzige Wäsche.«

Obwohl ich es nicht beurteilen konnte, stimmte ich ihr innerlich zu, denn negative Schwingungen waren hier kaum vorhanden. Ganz im Gegensatz zum unteren Teil des Hauses.

Inzwischen waren wir weitergegangen. Die Gänge des Schlosses waren eng und gedrungen im Gegensatz zu anderen Häusern ähnlichen Alters, die ich besichtigt hatte. Die sehr dunkle Holzvertäfelung an den Wänden und die kleinen Fenster, die wie Schießscharten aussahen, schluckten fast alles Licht. An einem Herbsttag wie diesem, an dem die Sonne nicht die Kraft hatte, gegen den Nebel und die langsam hereinbrechende Dämmerung anzukämpfen, hatte man das Gefühl, von den Mauern erdrückt zu werden.

Sara hatte es mir umso mehr angetan. Obwohl ich spürte, dass sie sich unwohl fühlte, war sie sehr freundlich und zuvorkommend und beantwortete alle meine Fragen.

Nach der Besichtigung der zweiten Etage schauten wir uns noch einige Räume in der ersten Etage an. Mich interessierten hier vor allem die alten Wandteppiche, die Szenen aus vergangenen Epochen zeigen und von Künstlern geknüpft worden waren, von denen ich die meisten nicht kannte. Ein besonders aufwendig gearbeitetes Stück erregte meine Aufmerksamkeit. Es handelte sich um die Darstellung einer historischen Ritterschlacht in Verbindung mit religiösen Motiven.

Das Motiv des fast die ganze Wand bedeckenden Teppichs zeigte Ritter, die sich zu Fuß und zu Pferden gegenüberstanden. Eine Gruppe bestand aus Kämpfern in goldenen Rüstungen. Ihre Helme waren weit geöffnet und man konnte die Gesichter der Soldaten sehen. Hinter ihnen schwebte in strahlendem Weiß ein Engel mit blutbefleckten Flügeln durch den Himmel. Der Realismus des Kunstwerks war so groß, dass man fast das Geschrei auf dem Schlachtfeld und das Stöhnen der Verwundeten und Sterbenden hören konnte. Die goldenen Rüstungen der Kämpfer waren mit dem großen blutroten Kreuz des Templerordens geschmückt.

Im Gegensatz dazu standen die Kämpfer der Gegenseite. Sie trugen schwarze Rüstungen mit heidnischen Symbolen. Ich hatte einige davon schon in Tempeln und Opferstätten gesehen, immer verbunden mit Geschichten über grausame Rituale und Menschen, die heidnische Götzen anbeteten. Ihre Visiere waren geschlossen. Nur bei einigen Kämpfern im Vordergrund blitzten rote Augen durch die schmalen Schlitze der Helme.

Das Schlachtfeld war mit Blut, Verwundeten und Toten bedeckt. Zwischen die am Boden Liegenden mischten sich Hybride aus Mensch und Wolf, die sich an den Leichen gütlich taten oder die noch Lebenden in ihre Behausungen zogen. Besonders lange betrachtete ich das angstverzerrte Gesicht eines sehr jungen Knappen in einfacher Kleidung. Seine Beine waren bereits in einem Erdloch verschwunden und um seinen Hals hatte sich eine undefinierbare Pranke gelegt, die ihn noch tiefer in das Loch zu ziehen schien. Blut quoll aus einer Wunde an der Kehle und benetzte die Brust des jungen Mannes.

Während ich das Kunstwerk betrachtete, vergaß ich die Welt um mich herum. Ich weiß nicht, was mit mir los war, aber ich konnte nicht anders, als jedes Detail des Teppichs und der Stickereien in mich aufzunehmen. Ich hatte schon viele solcher Arbeiten gesehen, aber so etwas war mir noch nie passiert. Der Künstler schien in der Lage zu sein, den Betrachter in seinen Bann zu ziehen und ihn zu zwingen, jedes Detail der morbiden Arbeit und der erschreckenden Darstellungen in sich aufzunehmen. Aber da war noch mehr. Ich fühlte mich auf seltsame Art mit dem Schöpfer des Teppichs verbunden. Es war, als würde etwas nach mir greifen und langsam in mich eindringen. Gefühle wurden plötzlich stärker, und obwohl ich es nicht wollte, empfand ich Sympathie und Verbundenheit mit den Kämpfern in Schwarz. Darüber legte sich eine Art grausame Genugtuung, denn ich WOLLTE, dass die Bestie den jungen Mann tötete, und ich weidete mich an der Angst, die ich in seinen Augen sah. Die Verbindung brach erst ab, als Sara mich an der Schulter berührte. Ich zuckte schuldbewusst zusammen.

»Es ist unheimlich, oder?«

Ich konnte nur nicken und fühlte einen abgrundtiefen Ekel vor mir selbst.

»Dieser Teppich ist sehr alt. Leider gibt es eine Verfügung, die es verbietet, ihn von der Wand zu nehmen. Aber niemand möchte lange in diesem Zimmer bleiben und ihn anschauen.«

Ich schaute die junge Frau an. Noch immer war ich fasziniert von dem kunstvollen Teppich. Und ich war verwirrt von dem, was ich glaubte, gesehen zu haben, und vor allem von dem, was ich gefühlt hatte. Für einen Moment war ich unsicher, ob man mir die Zerrissenheit meiner Gefühle ansah.

»Als Kunstwerk großartig, als Motiv erschreckend. Der Realismus der Darstellung nimmt einen gefangen, man möchte eigentlich nicht hinsehen, kann es aber auch nicht vermeiden. Wie ein Bild von Hieronymus Bosch«, stammelte ich.

»Also ich finde es faszinierend«, sagt Ian hinter uns. »Vor allem die religiösen Symbole wie der Engel, das Templerkreuz oder auch die verschiedenen Zeichen auf den Rüstungen der schwarzen Armee. Weiß man, wer der Künstler war?«

Sara schüttelte den Kopf, während sie und Ian weiter auf den Teppich starrten. Ich trat einen Schritt zurück und fragte mich, warum ich der Einzige war, der beim Betrachten diese Gefühle hatte.

Eigentlich hatte ich das von Ian erwartet, nach allem, was er mir erzählt hatte. Aber vielleicht hatte ich auch nur einen schlechten Tag und bildete mir etwas ein.

Erst später fiel mir auf, dass Sara diesen Raum als einzigen wieder verschlossen hatte. Alle anderen Räume blieben offen!

34

Um in die Katakomben zu gelangen, verließen wir das Haupthaus und umrundeten es auf einem schmalen Kiesweg. Der Weg war auf beiden Seiten von dichten Hecken gesäumt, deren Äste uns an einigen Stellen den Weg versperrten. Ich lief an Sara vorbei, um die dicksten Äste aus dem Weg zu räumen, damit Ian und sie hindurchgehen konnten. Dabei berührten sich unsere Hände und ein kurzes wohliges Kribbeln durchfuhr meinen Körper.

Noch auf dem Weg trafen uns die ersten dicken Regentropfen. Donnergrollen am Horizont, das schnell näherkam, kündigte ein Unwetter an. Wir mussten uns beeilen, wenn wir vor dem Gewitter den Rückweg antreten wollten.

Am Ende des Weges sah ich ein Loch in der Hecke, die vom Haus wegführte. Abgerissene Zweige lagen auf dem Boden und die Erde sah aufgewühlt aus. War hier der Einbrecher, von dem Ian erzählt hatte, auf das Grundstück gekommen oder hatte ihn der Werwolf hier zur Strecke gebracht?

Der Weg endete an einer kleinen, verwitterten Steintreppe mit drei Stufen, an deren Ende sich eine alte Holztür befand. Man konnte noch erkennen, dass sie ursprünglich in einem sehr dunklen Rot gestrichen worden war. Inzwischen war die Farbe durch Verwitterung und Abnutzung fast verschwunden. Die Tür bestand aus zwei Flügeln, von denen jeder fast einen Meter breit war. Im rechten Flügel war ein Gitter in das Holz eingelassen, durch das man in den Gang dahinter sehen konnte. Ich schätzte, dass das Tor seit mindestens 50 Jahren nicht mehr repariert worden war.

Durch das Gitter konnte ich sehen, dass flackernde Kerzen den Gang erleuchteten, und wunderte mich darüber.

»Haben Sie extra für uns Kerzen angezündet, Sara?«, fragte ich, da ich mir das nicht erklären konnte. Unsere Gastgeberin hätte auch einfach eine Taschenlampe mitbringen können.

»Natürlich«, entgegnete sie, »ich wollte, dass Sie unser Haus mit seiner ganzen Atmosphäre kennenlernen.«

Ich spürte, dass sie uns nicht die Wahrheit sagte. Was war der wirkliche Grund? Ich beschloss abzuwarten.

Sara nahm einen geschwungenen Schlüssel und öffnete die Tür. Wir zogen an den Griffen und die großen Flügel öffneten sich mit einem lauten Quietschen und ich verzog das Gesicht. Der Gang, durch den wir gingen und an dessen Ende sich eine verschlossene Holztür aus massiven Bohlen befand, war rechts und links von kleineren Zellen gesäumt. Die Wände und die Decke bestanden aus Bruchstein. Dieser Teil schien älter als das Herrenhaus zu sein und ich fragte nach.

»Sie haben Recht, Isaac. Der Zellengang ist ein Überbleibsel eines älteren Gebäudes, das einem Brand zum Opfer fiel. Wegen der massiven Decke gab es hier unten keine Schäden, also hat man alles so gelassen, wie es war. Früher wurden hier, soweit ich weiß, Arbeiter eingesperrt, die sich etwas hatten zuschulden kommen lassen. Und ich glaube, dass man hier auch eine Zeit lang Sklaven einsperrte, die mit dem Schiff nach England gekommen waren. Eigentlich wollte man Vater die Zellen schon vor Jahren zumauern lassen, aber nach Rücksprache mit dem National Trust wurde diese Idee wieder verworfen. Die Verantwortlichen meinten, dass wir damit ein unrühmliches Denkmal der englischen Geschichte zerstören würden.«

Natürlich kannte ich die Geschichte der Sklaverei in England, die 1807 mit dem ›Slave Trade Act‹ enden sollte, aber nur den Sklavenhandel, nicht die Sklaverei selbst beendete. Ein unrühmliches Kapitel unserer Geschichte, das viel zu lange totgeschwiegen wurde.

»Was ist hinter dieser Tür?«, frage ich und deute auf das Ende des Ganges.

»Das ist nur eine weitere Zelle, etwas größer als die hier«, antwortete Sara und zeigte auf die Gitter neben uns. In den mannshohen Zellen hatte man kaum Platz, um zu stehen oder sich zu bewegen.

»Darf ich mal reinschauen?«, fragte ich.

»Die Tür ist schon lange verschlossen und der Schlüssel verloren. Der Raum war für Gefangene, die Anspruch auf eine bessere Behandlung hatten. Ich bezweifle, dass es dort angenehmer war.«

Mir fiel das große Türschloss auf. Es sah gar nicht so alt aus, dachte ich. Als ich Ian ansah, nickte er leicht, was ich als Aufforderung verstand, noch einmal nachzufragen.

»Das Schloss sieht so neu aus. Vielleicht hat doch noch jemand einen Schlüssel und wir können mal reinschauen. Mich würde wirklich interessieren, wie eine dieser Zellen ausgesehen hat.«

»Es tut mir leid«, antwortete Sara, »aber hier wohnen nur mein Vater und ich, und ich kann Ihnen diesen Raum nicht aufschließen!«

Ihr Tonfall war eine Mischung aus Aggression und Unsicherheit. Das Gefühl, dass diese kalten Wände und diese Frau viele Geheimnisse verbargen, wurde stärker. Was war hinter der Tür, das wir nicht sehen sollten?

Ein Donnerschlag ließ uns alle zusammenzucken. Ich schaute aus einem der schmalen Fenster. Der Himmel hatte sich völlig verdunkelt, und Sara drängte uns, ins Haus zurückzukehren, um unsere Sachen zu holen und abzureisen. Man konnte förmlich spüren, wie erleichtert sie war, aus dieser Situation herauszukommen. Ich blickte noch einmal zu Ian, der mir mit einem Nicken signalisierte, dass wir gehen sollten.

Mit schnellen Schritten liefen wir zurück zum Haupthaus und versuchten, dem Regen zu entkommen, indem wir uns so dicht wie möglich an die Hauswand drückten. Die letzten Schritte rannten wir beinahe und erreichten halbwegs trocken die Haupthalle. Wie erwartet, ließ sich Sir Frederic nicht blicken. Ich fragte mich, welchen Plan Ian hatte, wenn wir jetzt aufbrechen würden.

»Ich hoffe, Sie haben einen Einblick für Ihre Studien bekommen, Isaac, und wenn Sie weitere Informationen benötigen, rufen Sie mich an, damit wir einen Termin vereinbaren können«, sagte Sara mit einem Lächeln. Wieder spürte ich ihre Unsicherheit dahinter, aber auch eine tief sitzende Angst.

»Danke für das Angebot. Ich denke, wir sollten uns jetzt auf den Weg machen, oder?«, fragte ich in Richtung Ian, der mir zustimmte und mich bat, den Wagen zu starten. Der Regen hatte gerade etwas nachgelassen und so verabschiedete ich mich von Sara und ging zum Auto. Die Türen waren nicht verschlossen und ich setzte mich hinters Steuer. Ich steckte den Zündschlüssel ins Schloss, drehte ihn herum und erwartete, das sonore Brummen des Motors zu hören.

Aber nichts geschah, der Wagen gab keinen Laut von sich. Ein heller Blitz zuckte über den Himmel, gefolgt von einem krachenden Donnern!

35

Ich versuchte mehrmals, das Auto zu starten, aber nichts passierte. Einen Blick unter die Motorhaube ersparte ich mir, es gibt kaum etwas, wovon ich weniger Ahnung habe als von Autos. Ich stieg aus und lief zurück zum Haus, wo Sara und Ian auf mich warteten. Inzwischen hatte der Regen wieder an Intensität zugenommen, dicke Tropfen durchnässten erneut meine Kleidung.

»Der Wagen springt nicht an. Er gibt nicht einmal einen Ton von sich«, murrte ich. Ian schien nicht überrascht, ich meinte sogar ein kleines Lächeln auf seinem Gesicht zu sehen. Saras Reaktion war ganz anders, als ich erwartet hatte.

Ich rechnete mit Verärgerung, stattdessen wurde sie blass und ihre Augen zuckten nervös.

»Aber Sie können nicht bleiben«, sagte sie mit zitternder Stimme. »Wir sind nicht für Gäste eingerichtet. Warten Sie, ich versuche, einen Abschleppwagen zu bekommen.«

Sie stürzte in die Küche, wo ein Wandtelefon hing. Als sie den Hörer abnahm, konnte ich an ihrem Gesichtsausdruck ablesen, dass das Telefon auch nicht funktionierte.

»Die Leitung ist tot«, hauchte sie. »Aber Sie müssen doch gehen.«

»Sara, bitte regen Sie sich nicht auf», versuchte Ian sie zu beruhigen. »Wir haben das Nötigste im Auto und sind nicht anspruchsvoll. Aber Sie werden verstehen, dass ich in meinem Alter nicht mehr nachts und bei diesem Gewitter über Landstraßen in die nächste Stadt laufen kann. Isaac, würden Sie bitte die Taschen aus dem Kofferraum holen?«

Ich hatte nichts vorbereitet, aber im Auto waren zwei Reisetaschen. Eine enthielt meine Kleidung. In die andere Tasche, die offensichtlich Ian gehörte, konnte ich nicht hineinschauen, da sie mit einem Schloss gesichert war. Ich hatte West unterschätzt, er schien alles genau geplant zu haben. Und ich konnte nur schwer einschätzen, was gerade zufällig passierte und was nicht. Deshalb beschloss ich, die weitere Entwicklung auf mich zukommen zu lassen.

Als ich wieder im Haus war, schaute Sara uns an. Der panische Gesichtsausdruck war Pragmatismus und einer gewissen Härte gewichen.

»Ich kann meinen Vater nicht allein lassen. Es ist spät und ich muss das Abendessen vorbereiten«, erklärte sie. »Ich kann Sie heute Nacht bei uns aufnehmen, aber ich muss darauf bestehen, dass Sie ein Zimmer in einem der Nebengebäude beziehen und nachts nicht draußen herumlaufen, damit Ihnen während des Sturms nichts passiert.«

Ian stimmte für uns beide zu und bedankte sich.

Eine Stunde später aßen wir vier zusammen zu Abend, wobei die Stimmung sehr unterkühlt war. Sir Frederic war offensichtlich nicht damit einverstanden, dass wir noch im Haus waren. Er sagte nur ein paar Worte und bat uns, nach dem Essen auf unsere Zimmer zu gehen, da er und seine Tochter noch arbeiten müssten. Natürlich kamen wir dem nach und begaben uns gegen halb neun auf unsere Zimmer.

36

Sir Frederic saß im Wohnzimmer und rauchte eine Zigarette, während Sara den Tisch abräumte. Ausgerechnet heute mussten diese Männer hier übernachten! Schon den ganzen Tag spürte er ein unangenehmes Ziehen in den Gelenken. Heute war es also wieder so weit, genau wie Sara es im Kalender vermerkt hatte. Bis auf wenige Ausnahmen hatte sie damit immer Recht.

»Du hättest dafür sorgen müssen, dass sie das Anwesen verlassen!«

»Was hätte ich denn machen sollen?«, erwiderte seine Tochter wütend. »Ihr Auto springt nicht an, das Telefon ist tot, und wir wissen beide, dass ich heute nicht wegkann!«

Sara ging zurück in die Küche. Sir Vincent drückte die Zigarette in den Aschenbecher und zog die Handschuhe aus. Obwohl die Wunde inzwischen etwas verheilt war, war die Stelle, an der die Finger abgetrennt worden waren, immer noch entzündet. Sie war rot, etwas geschwollen und roch unangenehm. Inzwischen war sein Geruchssinn stärker geworden. Er witterte die Ausdünstungen der beiden Männer, die immer noch im Raum hingen. Und er roch den Schweiß seiner Tochter und spürte ihre Nervosität.

Als Sara zurückkam, steckte Sir Frederic die Hand in die Tasche, bevor er aufstand.

»Es ist Zeit«, sagte sie.

Er nickte und verließ mit ihr das Haus.

37

Sara Vincent ging noch einmal den Weg entlang, den sie vor Kurzem mit den beiden Männern gegangen war. Der Regen hatte nachgelassen, und sie konnte ihre Spuren im Kies erkennen. Hinter ihr folgte ihr Vater, ein wenig außer Atem und immer noch geschwächt.

Natürlich liebte sie ihn, aber sie hasste, was sie hier tat, und sie hasste ihn für das, was er war. Früher war es die Aufgabe ihrer Mutter gewesen, ihn in die Zelle in den Katakomben zu sperren, wenn er seine Phase hatte, aber nach ihrem Tod vor drei Jahren war diese Aufgabe auf sie übergegangen. Natürlich hatte sie als Kind mitbekommen, dass Sir Frederic an einigen Tagen im Monat kein normaler Mensch war. Aber was er wirklich war, erfuhr sie erst, als ihr Vater sie nach der Beerdigung ihrer Mutter bat, nach Hause zu kommen und sich um ihn zu kümmern.

Als er es ihr erklärte, verstand sie auch, warum es keine Bediensteten mehr gab und warum es unmöglich war, das Anwesen aufzugeben. Hier draußen bekam niemand mit, was sich mindestens einmal im Monat abspielte, denn die umliegenden Dörfer waren zu weit entfernt. Hausangestellte und Küchenpersonal gab es seit fast zehn Jahren nicht mehr, nachdem Saras Mutter beim Abschließen einen Fehler gemacht hatte, der in einer Katastrophe endete. Ein altes Ehepaar, das in einer der etwas abgelegenen Hütten auf dem Grundstück lebte, wurde getötet. Natürlich fiel der Verdacht nicht auf die Familie Vincent. Wer hätte diese Verbindung auch herstellen können? Und die Verbindungen ihres Vaters in die Politik sorgten dafür, dass die Ermittlungen schnell im Sande verliefen und der Tod der beiden als Unfall zu den Akten gelegt wurde. Saras Mutter ließ den Ort des Geschehens kurz darauf abreißen, heute zeugte nur noch ein etwas erhöhter Hügel davon, dass auf ihrem Grundstück zwei unschuldige Menschen einen grausamen Tod gefunden hatten.

Hinter ihr stolperte und strauchelte ihr Vater. Sara drehte sich blitzschnell um und fing ihn auf.

»Du musst besser aufpassen«, sagte sie unfreundlicher, als sie es beabsichtigt hatte. Er sah wirklich krank und kraftlos aus, ganz anders als sonst, wenn es geschah.

Sir Frederic schaute sie an, nickte nur und folgte ihr weiter zur Tür der Katakomben.

38

Genau wie ihr Vater dachte Sara darüber nach, was vor etwas mehr als drei Wochen passiert war, als dieser Mann versucht hatte, in das Haus einzubrechen. Warum war er hier? Wer hatte ihn geschickt? Vielleicht wusste doch jemand, welches Geheimnis die Familie Vincent hier hütete. Oder es war wirklich nur ein Einbrecher, wie Sir Frederic vermutete. Dass es in einem so alten Anwesen Wertgegenstände und Antiquitäten zu holen gab, vermutete sicher so mancher.

Aber warum war das Schloss beschädigt und er konnte aus dem Keller entkommen? Die Theorie ihres Vaters, dass Sara nur nicht richtig abgeschlossen hatte, teilte sie nicht, denn sie hatte sich das Schloss genau angesehen. Für sie sah es so aus, als hätte sich jemand daran zu schaffen gemacht. Hatte der Einbrecher es geöffnet und wenn ja, warum? Eigentlich war das völlig abwegig, denn das Gebrüll hinter der Tür hätte jeden abgeschreckt.

Ihr Vater konnte sich kaum erinnern, was er während seiner Phase machte. Er wusste nicht, ob er den Eindringling nur verletzt hatte, aber sie nahmen es an, da sie keine Leiche gefunden hatten. Es stand kein Auto an der Straße, und der Einbrecher war sicher nicht zu Fuß gekommen.

Sara fragte sich auch, warum sie nicht aufgewacht war, als der Lärm begonnen hatte. Normalerweise hatte sie einen leichten Schlaf, aber in dieser Nacht war sie wie betäubt. Nachdem sie ihren Vater in die Katakomben gebracht hatte, erledigte sie noch ein paar Dinge in der Küche. Irgendwann spürte sie ein kurzes Stechen im Nacken, das sie auf einen eingeklemmten Nerv zurückführte. Im Bruchteil einer Sekunde übermannte sie die Müdigkeit und sie ging ins Bett. Als sie aufwachte und aus dem Fenster sah, wusste sie instinktiv, dass etwas passiert war. Sie konnte nicht genau sagen, was es war, aber irgendetwas war anders als sonst. Zwischen ihr und ihrem Vater hatte es immer eine besondere Verbindung gegeben, die andere nicht verstanden. Und in diesem Moment fühlte sie sich in ihrem Innersten anders an.

Sie ging hinaus und sah, dass der Kies aufgewühlt war. In Panik rannte sie zum Eingang der Katakomben. So leise wie möglich schlich sie in den Kellergang, denn in diesem Zustand war ihr Vater auch für sie gefährlich. Kalter Schweiß stand ihr auf der Stirn, als sie sich durch die Dunkelheit des Ganges bewegte. Geistesabwesend wischte sie ihn weg, ehe er ihr in die Augen laufen konnte. Obwohl es im Gang sehr kühl war, glühte sie vor Anspannung.

Als sie mit dem Fuß gegen das Schloss stieß, das auf dem Boden lag, stockte ihr für einen Moment der Atem. Die Zellentür stand weit offen und ihr Vater war verschwunden!

39

Sara presste sich an die kalte Steinwand hinter sich. Was war passiert und wo war ihr Vater? Wenn er das Grundstück verließ, war er eine Gefahr für alle. Auch wenn in der näheren Umgebung kaum Menschen wohnten, so gab es doch die Straße, die am Haus vorbeiführte. Wenn Sir Frederic dort einem Auto begegnen würde, wäre das eine Katastrophe.

Wie lange sie halb gelähmt vor Angst in dem alten Kellergang gestanden hatte, konnte Sara im Nachhinein nicht mehr sagen. Sie hatte eine solche Situation noch nie erlebt und wusste nicht, was sie tun sollte. Zuerst dachte sie daran, nach ihrem Vater zu suchen, aber sie wusste, dass sie keine Überlebenschance hätte, wenn sie ihn finden würde. Und was, wenn er sie fände? Sollte sie das Gewehr holen, das sie für den Notfall in ihrem Zimmer deponiert hatte?

Wenn er das Anwesen verließ, waren alle, die mit ihm in Kontakt kamen, in Gefahr. Andererseits flüsterte ihr die Stimme in ihrem Kopf zu, dass dieser Alptraum endlich ein Ende haben würde, wenn man ihn draußen sehen – und töten – würde. Sicher, er war ihr Vater, aber sie hatte kaum noch die Kraft, das alles zu verbergen und ihn zu beschützen. Ganz zu schweigen von der Verantwortung, die auf ihr lastete. Ein einziger Fehler konnte Menschenleben kosten.

Sie schlich zurück zur Kellertür, die sie offen ließ. Wenn er zurückkommen sollte, musste er den Weg finden. Ihr Rücken schmerzte, weil sie gebückt gehen musste. Jeder Muskel war angespannt. Sie schlich über den Kiesweg zurück zum Haus. Trotz der Kälte war sie inzwischen nass vom Angstschweiß, der ihren Körper bedeckte. Wenn er jetzt ihren Geruch wahrnahm, würde er sie jagen! War da nicht ein Geräusch, das Knacken von Zweigen? Sara verharrte und wagte kaum, zu atmen. Wahrscheinlich war es nur ein Windstoß, der die Büsche bewegte. Oder war er schon hinter ihr, bereit, sie zu packen und zu töten, wie er es mit den Hausangestellten getan hatte?

Sie konnte sich nicht umdrehen, sie hatte zu viel Angst. Sara eilte weiter, der Kies knirschte unter ihren Füßen. Ob er das hörte? Noch ein paar Schritte und sie hatte die Haustür erreicht. Auf den letzten Metern hörte sie ein lautes Heulen, in dem Schmerz, Wut und Verzweiflung mitschwangen! Sara stieß einen kurzen Schrei aus, stürzte durch die Tür und verriegelte sie hinter sich. Eine Sekunde später hämmerte das, was aus ihrem Vater geworden war, mit voller Wucht gegen das Holz!

Völlig außer Atem lief sie in ihr Zimmer und versperrte es mit zitternden Händen. Dann schob sie einen der beiden schweren Holzstühle, die am Fenster standen, vor die Tür und verkeilte ihn unter der Klinke, bevor sie das bereitstehende Gewehr in die Hand nahm. Noch einmal hallte ein lauter Knall durch das ganze Haus, dann war alles still. Sara setzte sich ans Fenster, schaute in den Garten und wartete auf den Sonnenaufgang, das Gewehr dicht an den Körper gepresst.

Als sie am nächsten Tag mit ihrem Vater über die vergangene Nacht sprechen wollte, verweigerte er ihr jede Antwort. Nur sein Vorwurf, sie habe die Tür nicht richtig abgeschlossen, führt zu einer Diskussion.

40

Sara öffnete die Zellentür. In der Hand hielt sie ein neues Schloss. Mit zusammengepressten Lippen trat Sir Frederic ein und setzte sich auf die schmale Pritsche an der Rückwand der Zelle.

Sara fror und sah auf die Uhr. Spätestens in einer Stunde würde die Verwandlung beginnen, sie hatte sie oft genug gesehen, um die körperlichen Anzeichen deuten zu können. Was sie beunruhigte, waren die beiden Männer auf dem Anwesen. Würden sie etwas hören, was sie nicht hören durften? Aber vielleicht würde es diesmal nicht so schlimm sein, schließlich war ihr Vater durch seine Krankheit geschwächt. Für Sara war dieser Gedanke wie ein Silberstreif am Horizont.

»Gute Nacht, Vater«, sagte Sara leise und schloss die Zelle ab. Was sie irritierte, war die Tatsache, dass ihre Sorge mit jedem Meter, den sie sich entfernte, zunahm.

41

Ian hatte mir geraten, mich ein wenig auszuruhen. Sara hatte uns zwei Zimmer nebeneinander gegeben, die durch eine Durchgangstür verbunden waren, die wir geöffnet hatten.

Bis jetzt wusste ich noch nicht, was Ians Plan war. Nur dass Sir Frederic der Werwolf sein sollte, hatte er mir inzwischen erzählt, aber das dachte ich mir bereits. Schließlich war sonst niemand auf dem Anwesen und bei Sara konnte ich es mir angesichts ihrer Reaktionen nicht vorstellen. Zwar hegte ich immer noch große Zweifel, aber da war auch eine leise Stimme in mir, die mich fragte, was ich tun würde, wenn alles wahr wäre?

Und ja, was genau sollte jetzt passieren? Bisher hatte West mich völlig im Unklaren gelassen, was er vorhatte. Als wir die Zimmer bezogen, schloss er die Türen ab und wies mich an, einen Stuhl unter die Türklinke zu stellen. Weitere Fragen ließ Ian nicht zu.

»Wir haben noch etwas Zeit, Isaac, und ich muss mich ein wenig hinlegen, um wieder zu Kräften zu kommen. Vielleicht schlafen Sie auch noch etwas. Ich brauche Sie ausgeruht.«

Natürlich verstand ich das bei seinem Alter. Aber wenn es so wichtig und gefährlich war, warum taten wir dann nicht sofort etwas? Aber der alte Mann ließ keine Fragen zu. Er stellte sich einen Wecker für eine Stunde und bat mich, noch etwas Geduld zu haben.

Während Ian schlief, legte ich mich auf mein Bett, fand aber keine Ruhe. War es wirklich erst eine Woche her, dass Chris in meinem Büro aufgetaucht war und mir den Brief und die Finger gebracht hatte? Ich versuchte, mich daran zu erinnern, was ich über Werwölfe wusste.

Über die Lykanthropie, also die Verwandlung von Mensch zu Wolf, hatte ich genug gelesen. Die Ursprünge lassen sich in der Mythologie bis zum Gilgameschepos zurückverfolgen, und man glaubte, dass ein Mensch, der einen Pakt mit dem

Teufel geschlossen hatte, die Fähigkeit besaß, sich in einen Wolf zu verwandeln. Ich konnte mir nicht vorstellen, dass Sir Frederic das getan haben sollte, aber vielleicht gab es noch andere Möglichkeiten, die in den Überlieferungen nicht erwähnt wurden. Die Angst vor dem Bösen, und vor allem vor dem Teufel, war in der Vergangenheit sehr verbreitet.

Wichtig schien mir zu sein, was ich aus alten Mythen und Schriften kannte und was Fantasie war. Die meisten Punkte, die man heute mit dem Werwolf in Verbindung bringt, wie die Verwandlung bei Vollmond oder dass man durch den Biss eines Werwolfs selbst zum Wolf wird, finden sich in den von mir untersuchten Dokumenten nicht, sondern sind Erfindungen aus Hollywood. Menschen überlebten die Begegnung mit einem Werwolf nicht, sondern wurden zerfleischt und getötet. Trotzdem blieb ein kleiner Zweifel in meinem Kopf, ob nicht doch ein Funken Wahrheit darin steckte, dass man sich in einen Werwolf verwandeln konnte, wenn man wider Erwarten eine Begegnung überlebte. Ich nahm mir vor, Ian später danach zu fragen.

Wenn Sir Frederic also ein Werwolf wäre, was würden wir tun? Und vor allem, was würde Sara tun? Wenn das alles stimmte, musste sie doch von der Veranlagung ihres Vaters wissen. Warum unternahm sie nichts? Oder war das gar nicht möglich? War sie vielleicht auch von dieser Krankheit befallen und verstellte sich nur vor uns?

Mein Kopf schmerzte und ich setzte mich auf. Kurz darauf klingelte Ians Wecker. Er stand auf, nahm seine schwarze Tasche und kam zu mir ins Zimmer.

42

West stellte die Tasche auf den Tisch und öffnete sie. Ich erschrak, als er eine automatische Pistole herausnahm und in seinen Hosenbund steckte.

Dann kam ein etwa vierzig Zentimeter langes, silbernes Kurzschwert zum Vorschein, dessen Griff und Klinge mit verschiedenen mythologischen Symbolen verziert waren. Einige davon hatte ich auch auf der Kiste gesehen, die Chris mitgebracht hatte. Ian gab mir das Schwert, das ungewöhnlich leicht war. Fasziniert drehte ich die Waffe in meiner Hand. Ich spürte fast das Alter und die Geschichte, die damit verbunden waren. Obwohl ich eine vage Vorstellung davon hatte, was es mit dem Schwert auf sich hatte, musste ich nachfragen.

»Was ist das für eine Waffe? Wissen Sie, wie alt sie ist?«

»Natürlich weiß ich das, Isaac«, entgegnete West geduldig. »Die Waffe ist das Kurzschwert, von dem ich Ihnen erzählt habe. Es hat Ihrem Vater gehört. Eines Tages wird es Ihnen gehören. Heute möchte ich, dass Sie es tragen.«

Mit diesen Worten reichte er mir eine Lederscheide, die ich an meinem Gürtel befestigte. In diesem Moment wurde ich von meinen Gefühlen überwältigt. Meine Kehle schnürte sich zu und ich räusperte mich, um den Druck loszuwerden. Ich hielt etwas in der Hand, das meinem leiblichen Vater gehört hatte und das er wahrscheinlich jeden Tag bei sich trug. Ian sah mich mit einem Blick an, der keinen Zweifel daran ließ, der er wusste, was in mir vorging.

»Lassen Sie mich ein paar Dinge klarstellen, damit es gleich keine Probleme gibt«, sagte er ernst. »Ich habe den Wagen vorhin manipuliert, damit es überzeugend wirkt, dass wir hierbleiben müssen. Aber wenn ich Ihren Gesichtsausdruck richtig deute, haben Sie das bereits vermutet. Einer meiner Männer hat heute Morgen die Telefonleitung lahmgelegt, damit Sara keine Hilfe rufen konnte. Wir gehen jetzt in die Katakomben. Dort werden Sie sehen, was aus Sir Frederic geworden ist, und dann müssen Sie sich entscheiden. Ich brauche Ihre Hilfe und Unterstützung, aber ich kann und werde Sie nicht zwingen, das Erbe Ihres Vaters anzutreten.«

Ich schwieg einen Moment, während ich das Schwert in meinen Händen hielt. Was wäre die normale Reaktion gewesen, ungeachtet dessen, was Ian mir zuvor erzählt hatte? Abgesehen von den Fingern, die auch eine Fälschung hätten sein können, hatte ich nur die Worte eines alten Mannes. Und jetzt hatte ich ein Schwert und sollte West dabei helfen, einen Mann zu töten, den er für einen Werwolf hielt? Aber war ich mir überhaupt noch unschlüssig? War da nicht tief in mir dieses Gefühl, das mir sagte, dass mein bisheriges Bild dieser Welt falsch war? Dass da wirklich mehr war, als der Verstand mir sagte?

»Ich werde Sie begleiten, Ian. Auch wenn ich inständig hoffe, dass alles, was Sie mir erzählt haben, das Hirngespinst eines alten Mannes ist.«

West lächelte. »Mehr verlange ich auch gar nicht, kommen Sie mit und sehen Sie selbst.«

Mit diesen Worten ging der alte Mann zur Tür, schob den Stuhl zur Seite und machte sich auf den Weg nach unten. Nachdenklich folgte ich ihm, ohne zu ahnen, wie sehr sich mein Leben verändern würde …

43

Als die beiden Männer wieder den Weg zu den Katakomben einschlugen, verdichtete sich hinter ihnen für einen Augenblick das Dunkel der Nacht zu undurchdringlicher Schwärze. Aus einem Wirbel, der sich in der Luft bildete, tauchte eine in eine schwarze Kutte gehüllte Gestalt auf. Als ihre Füße den Boden berührten, verdampfte das Regenwasser mit einem Zischen.

Mit glühenden Augen sah sich der Statthalter um. Nach einigen Sekunden des Überlegens entschied er sich, zuerst ins Haupthaus zu gehen. Es war noch genug Zeit, sich um die beiden Männer zu kümmern.

44

Ian benutzte einen Dietrich, um das Schloss der alten Holztür zu öffnen, die den Weg in die Katakomben versperrte. Schon als wir den Pfad entlang geschlichen waren, hatte ich etwas gehört, das wie Heulen, Kreischen und Brüllen klang. In dem Moment, in dem West die Tür öffnete, gab es keinen Zweifel mehr. All diese Geräusche, nun verstärkt und von den engen Wänden wiedergegeben, hatten ihren Ursprung hinter der massiven Tür am Ende des Ganges, die Sara uns nicht hatte öffnen wollen!

Meine Kehle war wie zugeschnürt, begriff ich doch in diesem Moment, dass Ian mir die Wahrheit gesagt hatte. Also musste auch alles andere den Tatsachen entsprechen. Mein Vater hatte Dämonen gejagt, die ihn dafür umgebracht haben!

West forderte mich mit einem Handzeichen auf, an die Tür zu treten und durch das Gitter zu schauen. Er wies mich jedoch unmissverständlich an, leise zu sein. Ich schlich leicht gebückt an der linken Wand entlang und achtete darauf, nicht mit dem Schwert gegen das Mauerwerk zu stoßen. Ian hatte seine Waffe gezogen und sicherte uns nach allen Seiten ab. In diesem Moment war sein Alter völlig von ihm gewichen. Er war nur noch der Jäger mit militärischer Präzision und jahrelanger Erfahrung.

Ich spürte, wie sich mein Magen zusammenzog, je näher ich der Tür kam. Das Brüllen war lauter geworden und klang wie eine Mischung aus Löwe und Bär. Mein Gehirn gaukelte mir Trugbilder von einem übergroßen Raubtier vor, das hinter der Tür nur darauf wartete, dass ich zu nahe heranging, um mich zu packen und zu zerfleischen. Meine Beine wurden weich. Ich blieb stehen und suchte Halt an der Wand. Natürlich hatte ich Angst. Ich hatte noch nie Begegnungen mit derart besonderen Herausforderungen oder Gefahren gehabt, und jetzt sollte ich einem Werwolf gegenüberstehen? Einem Monster, von dem ich noch vor zwei Tagen überzeugt gewesen wäre, dass es nicht einmal existierte?

West hob ungeduldig die Hand und deutete nach vorne, und ich zwang mich, weiterzugehen. An der Tür angekommen, atmete ich noch einmal tief durch, bevor ich zögernd durch das Gitter in den Raum dahinter spähte. In diesem Moment sprang die Bestie gegen die Tür und ein tiefer Riss spaltete das Holz!

45

Sara Vincent war hellwach. Sie konnte nicht schlafen und setzte sich mit einem Buch an den kleinen Tisch am Fenster. Ihr Blick fiel kurz in den Garten, die Beete und Wege lagen still in der Dunkelheit, niemand war zu sehen. Wieder rasten die Gedanken durch ihren Kopf. Was, wenn ihr Vater erneut ausbrach? Und waren West und Kane wirklich nur hier, um sich das Haus anzusehen? Warum war ihr dieser Gedanke nicht früher gekommen? Hatte die offensichtliche Sympathie, die sie und Kane füreinander empfanden, ihr Urteilsvermögen getrübt? Sara setzte sich auf und ließ das Buch sinken. Sir Frederic hatte früher schon erzählt, dass es Menschen gab, die Geschöpfe wie ihn jagten! Vielleicht waren sie deshalb hier und hatten alles nur vorgetäuscht. Aber wenn es so war, was sollte sie tun?

Ihr Vater war nach seiner Verwandlung auch eine Gefahr für sie selbst. Und die beiden Männer waren ihr sicher überlegen. Wieder kam ihr der Gedanke, ob es wirklich so schlimm wäre, wenn Kane und West ihren Vater von seinem gequälten Dasein befreien würden, und wieder hasste sie sich dafür. Vielleicht sollte sie doch nach unten gehen, um sich zu vergewissern. Ja, das wäre das Beste, einmal nachsehen, ob alles in Ordnung war. Aber das Gewehr sollte sie mitnehmen!

Als sie sich von ihrem Stuhl erhob, hatte sie mit einem Mal das Gefühl, nicht mehr allein zu sein. Sie spürte eine eisige Kälte, die ihr bis in die Knochen kroch und sie beinahe lähmte. Was geschah hier gerade? War da nicht eine Bewegung an der Tür?

Sara schrie auf, als sie die Gestalt bemerkte, die aus dem Nichts in ihrem Zimmer erschien. Für einen kurzen Moment sah sie noch die Handbewegung, die der Fremde machte, dann umfing sie Schwärze.

46

Voller Panik sprang ich einen Schritt zurück, als Sir Frederic mit seiner Klaue gegen die Tür hämmerte. Aber noch hielt sie stand. Ian wedelte mit der Hand, ich sollte hineinschauen. Aber genau das wollte ich um jeden Preis vermeiden, vermutete ich das Tier doch direkt hinter der Tür. Also lauschte ich, bis sich die Geräusche in den hinteren Teil der Zelle zurückzogen. Auf Zehenspitzen schlich ich mich wieder heran, und diesmal gelang es mir, ins Innere zu sehen.

Sir Frederic hatte seine Kleidung abgelegt, bevor die Verwandlung einsetzte. Sie lag ordentlich gefaltet auf einem Stuhl an der Wand. Obwohl das Licht im Inneren nicht gut war, stockte mir der Atem, als ich zum ersten Mal sah, was aus dem Schlossherrn geworden war!

Die Kreatur, die im Raum stand und mich aus gelben Augen anstarrte, war mindestens zwei Meter groß. Das Maul war aufgerissen und die langen, spitzen Zähne konnte ich selbst von der Tür aus gut erkennen. Geifer tropfte aus dem Maul auf den Boden.

Der Oberkörper der Gestalt war breiter, als ein Mensch es je sein könnte. Die Arme hingen am Körper herab, die Hände waren zu großen Pranken geworden, die in langen Krallen mündeten. Das Tier stand auf muskulösen, stämmigen Beinen, die in massiven Füßen endeten. Über und über war es mit dunklem Fell bedeckt.

Ich war wie erstarrt, als ich in die Zelle starrte, und konnte meinen Blick nicht abwenden. Wenn Ian mich nicht angestoßen hätte, weiß ich nicht, was passiert wäre.

»Glauben Sie mir jetzt, Isaac?«, fragte er und packte mich an der Schulter.

»Passiert das alles wirklich gerade?«, flüsterte ich, die Antwort längst kennend.

West nickte. »Wir können nicht zulassen, dass solche Wesen existieren und eine Gefahr für die Menschen darstellen. Werden Sie es töten oder muss ich es tun?«

Ich schaute zurück in die Zelle. Unser Gespräch hatte nur Sekundenbruchteile gedauert und der Wolf hatte sich noch nicht wieder bewegt. Ian hatte inzwischen mit dem Dietrich das Schloss geöffnet. Nur noch der Bügel verhinderte das Öffnen der Tür. Ich spürte das Zittern meiner Beine.

Der Wolf näherte sich mit gefletschten Zähnen der Zellentür, blieb aber im Schatten. Irgendwie schien er zu spüren, dass wir ihm gefährlich werden könnten.

»Isaac, ich brauche eine Antwort!«

»Machen Sie es, Ian, ich kann nicht«, sagte ich und ging mit kleinen Schritten rückwärts.

West nickte und hob die Waffe, um sofort zu schießen, wenn wir die Tür öffneten. Er schien meine Reaktion erwartet zu haben. Ich zog das Schwert, obwohl ich keine Erfahrung damit hatte. Es gab mir eine Sicherheit, die bestenfalls trügerisch war. Wäre der Werwolf durch die Tür gekommen, hätte ich mich kaum wehren können.

In dem Moment, als West das Schloss von der Tür entfernen wollte, veränderte sich meine Wahrnehmung. Obwohl ich es nicht einordnen konnte, spürte ich etwas, das wie Elektrizität durch meine Muskeln schoss. Bevor ich mich vergewissern konnte, hallte hinter uns eine Stimme mit dem Klang von zermahlenem Glas durch den Gang, die mir körperliche Schmerzen verursachte: »Stopp!«

47

Für einen kurzen Moment schien die Zeit still zu stehen!

Mit einer Geschwindigkeit, die ich dem alten Mann gar nicht zugetraut hätte, drehte sich Ian um. Ich war mir sicher, an seinem Gesichtsausdruck ablesen zu können, dass er bereits an der Stimme erkannt hatte, wer hinter uns stand. Ich behielt den Werwolf in seiner Zelle im Auge und sah das geöffnete Schloss an der Tür baumeln. Mit einem leichten Druck auf die Tür hätte die Bestie es vom Haken lösen können. Dann hätten wir sie nicht mehr unter Kontrolle gehabt. Bevor auch ich mich umwandte, drückte ich den Bügel des Schlosses wieder zu und wähnte uns vorerst in Sicherheit.

An der Tür zu den Katakomben hinter uns stand ein Mann in einer schwarzen Kutte. Sein Gesicht wirkte ausdruckslos und unecht, als trüge er eine Maske aus dünnem Wachs. Die Gestalt blickte uns mit glühenden Augen an und lächelte dämonisch.

Mein Herz raste, als ich Sara sah, die der Fremde wie eine Puppe mit einer Hand am Hals festhielt, während die Finger seiner anderen Hand, die in schwarzen Krallen endeten, sich um ihre Kehle legten!

Die junge Frau hatte eine Wunde an der Stirn und Blut lief ihr über das ganze Gesicht. Aus der Entfernung konnte ich nicht erkennen, ob sie noch lebte, hoffte es aber.

Ich zuckte zusammen, als der Werwolf hinter mir heulend gegen die Zellentür schlug, und war froh, sie wieder geschlossen zu haben. Ich spähte kurz zurück, um mich zu vergewissern, dass die Tür dem Ansturm standhielt, als Ian die Gestalt laut und bestimmt ansprach.

»Was willst *DU* hier?«

48

Mir fiel die besondere Betonung von West auf. Woher kannte er diese Person? Ian hatte trotz der Bedrohung seine Waffe gesenkt und schien auf eine Antwort zu warten. Ich musste etwas tun, um Sara zu befreien, und schob einen Fuß nach vorn.

»West!«, sagte die Gestalt kalt und mit lauerndem Unterton. Die Stimme verursachte mir erneut Schmerzen. »Begrüßt man so einen alten Freund?«

Während unser Gegenüber abgelenkt war, ging ich weiter.

»Ich wusste nicht, dass wir Freunde sind, Gagdrar«, antwortete Ian kühl. »Wie lange haben wir uns nicht gesehen? Zehn oder zwanzig Jahre? Hast du unsere letzte Begegnung inzwischen verwunden?«

Für einen Moment schien das Gesicht des Fremden, den Ian Gagdrar genannt hatte, zu verschwimmen, als hätte er die Kontrolle über sich verloren. Ich wagte den nächsten Schritt.

»Du Wurm hattest Glück«, zischte Gagdrar. »Und das weißt du auch.«

»Du überschätzt deine Bedeutung! Und du überschätzt deine Kräfte«, sagte West, aber hörte ich eine leichte Unsicherheit in seiner Stimme? Der nächste Schritt.

Gagdrar lächelte, und die maskenhafte Oberfläche seines Gesichts verschob sich erneut. »Streiten wir nicht, schließlich kennen wir uns schon so lange. Wir wissen beide, dass ich Äonen habe, während dir nur ein paar lausige Jahre bleiben, die im Vergleich zu meiner Existenz wie ein Flügelschlag sind.«

Als ich zum nächsten Schritt ansetzen wollte, schlug der Werwolf erneut gegen das Holz. Ich erschrak und blieb stehen. Gagdrar blickte zur Tür. Hatte er bemerkt, dass ich nähergekommen war? Es war nicht mehr weit, bis ich ihn erreichen konnte, um zu versuchen, Sara zu befreien. Seine Krallen waren messerscharf, aber die einzige Waffe, gegen die ich ankommen musste. Was für ein Fehler, nicht auf meine körperlichen Signale zu hören!

Ian wiederholte seine Frage: »Was willst du hier?«

Wieder etwas näher.

»Nun, alter Freund, ich weiß eigentlich immer, was du tust. Entweder ich beobachte dich oder ich lasse dich von jemandem überwachen. Und es war klar, dass du irgendwann das Balg aufsuchen würdest.«

Wer war das Balg? Sir Frederic? Worum genau ging es? Ich machte wieder einen Schritt nach vorn. Vielleicht einen halben Meter, dann hätte ich Gagdrar mit einem beherzten Sprung angreifen können.

»Ich weiß nicht, wovon du sprichst, aber danke für den Tipp, mehr darauf zu achten, mit wem ich mich umgebe«, antwortete West. Irgendwie hatte ich das Gefühl, dass er auswich. »Und wie soll es jetzt weitergehen, Gagdrar? Ist dir klar, dass wir in einer Sackgasse stecken?«

Die Gestalt kicherte boshaft. Der Abstand zwischen uns war nicht mehr weit. Zum ersten Mal hob ich vorsichtig das Kurzschwert ein wenig an.

»Wie immer, West, nur so viel Information wie unbedingt nötig. Wie dem auch sei. Kommen wir zum Geschäft!«

Bevor ich den nächsten Schritt tun konnte, schlug Gagdrar zu. Wie konnte ich nur glauben, dass er meine Absicht nicht durchschaut hatte? Im Gegenteil, er hatte mit mir gespielt, wie es ihm gefiel, und jetzt gab er mir eine kleine Kostprobe seiner Macht. Er hob die Klaue, die die ganze Zeit an Saras Hals gelegen hatte, murmelte einen gutturalen Laut und machte eine Bewegung in der Luft. Eine unsichtbare Kraft packte mich und schleuderte mich zurück. Als ich auf dem Boden aufschlug, knackten meine Rippen und ich ließ das Schwert fallen. Keuchend wich die Luft aus meinen Lungen und ich sah Sterne.

West hatte seine Waffe erhoben und schoss Gagdrar zweimal ins Gesicht. Was wie eine Maske aussah, zerbarst und die dämonische Fratze der Gestalt kam zum Vorschein. Gagdrars Haut war pechschwarz. Violett leuchtende Augen starrten uns an, und er brüllte, dass lange gelbe, spitze Zähne zum Vorschein kamen. Unter der Kapuze des Umhangs meinte ich Ansätze von Hörnern zu erkennen.

Der Dämon, in diesem Moment hatte ich genug Beweise, um es zu glauben, riss Sara wieder hoch, da er sie fallengelassen hatte, als die Kugeln ihn trafen. Gerade als er ihr seine Krallen in den Hals schlagen wollte, zerbarst hinter uns die Kerkertür und der Werwolf stürzte brüllend in den Gang!

49

Im Bruchteil einer Sekunde hatte sich die Situation erneut völlig verändert! Neben einem übermächtigen Gegner, der kurz davor war, Sara zu töten, hatten wir es nun auch noch mit dem Werwolf zu tun, in den sich Sir Frederic verwandelt hatte.

Der Flug hatte mich fast vor die Zellentür katapultiert, so dass der Werwolf leichtes Spiel mit mir gehabt hätte. Geistesgegenwärtig rollte ich mich seitlich an die Wand und hoffte, dass er mich nicht angreifen würde. Ian hatte seine Waffe zwar in der Hand, aber ich musste erst wieder an mein Schwert kommen, das einen Meter von mir entfernt auf dem Boden lag, um mich verteidigen zu können.

Doch der Werwolf verhielt sich anders, als ich erwartet hatte. Mit martialischem Gebrüll stürzte er sich auf den Dämon mit der schwarzen Fratze! Irgendwo in der Bestie steckte wohl noch genug von Sir Frederic, der spürte, dass seine Tochter in Lebensgefahr schwebte.

Obwohl der Dämon dem Werwolf überlegen war, wurde er von dem Angriff überrascht. Der Wolf schlug seine Krallen in Gagdrars Bauch und biss ihn gleichzeitig in die Schulter. Der Dämon ließ augenblicklich von Sara ab und sie fiel zu Boden. Trotz der Entfernung sah ich ihre Augenlider flattern. Offenbar war sie kurz davor aufzuwachen und ich verspürte trotz der Situation einen Anflug von Glück.

Noch bevor der Wolf ein zweites Mal zubeißen konnte, reagierte Gagdrar, indem er ihm seine Krallen in den Hals schlug und ihn dann mit enormer Kraft von sich schleuderte. Das Tier heulte auf und landete weit hinter mir auf dem kalten Zellenboden.

Obwohl das alles nur wenige Sekunden gedauert hatte, gab es Ian genug Zeit, weitere Kugeln auf den Dämon mit der schwarzen Fratze abzufeuern. Ich ignorierte den Schmerz in meinen Rippen und nutzte die Zeit, um zu meinem Schwert zu robben und es wieder an mich zu nehmen. Der Griff fühlte sich warm an, aber das konnte auch an meiner Aufregung liegen. Mit einem Satz war ich auf den Beinen, bereit, mich zu verteidigen.

In diesem Moment erwachte Sara und schrie laut auf, als sie erkannte, wer über ihr stand. Gagdrar sah auf sie herab, und schwarzes Blut rann aus der großen Wunde an seinem Hals, die der Werwolf gerissen hatte.

»Stirb!«, brüllte er und stieß seine rechte Klauenhand in Richtung ihres Herzens!

50

Ich war die einzige Überlebenschance für Sara Vincent! Ians Kugeln hatten den Dämon kurz beschäftigt, aber nicht aufgehalten. Meine ganze Hoffnung ruhte auf dem Kurzschwert in meiner Hand. Gerade als Gagdrar seine Klauen in Saras Brust schlagen wollte, führte ich die Klinge von unten nach oben, um sie zwischen Sara und den Dämon zu bringen.

Die Wirkung war viel stärker, als ich erwartet hatte!

Die Klinge trennte Gagdrars Klaue mühelos ab, als würde sie durch Butter gleiten. Ich wurde von meinem eigenen Schwung nach vorne getragen und musste versuchen, nicht gegen den Dämon zu stoßen oder auf Sara zu fallen. Trotz des stechenden Schmerzes in meinen Rippen stieß ich mich ab, sprang über Sara hinweg und ließ mich hinter Gagdrar abrollen.

Die Hand des Dämons lag neben Sara auf dem Boden, die Finger bewegten sich noch und die Krallen verursachten knirschende Geräusche und hinterließen Spuren im Steinboden! Mit einem Ausfallschritt packte ich Sara und zog sie zu mir. Mit dem Fuß stieß ich gegen die Klaue und sie blieb auf dem Rücken liegen. Die Fingerbewegungen wurden langsamer.

Währenddessen versuchte ich, den Dämon und Ian im Auge zu behalten, um keine bösen Überraschungen zu erleben. Der Werwolf lag immer noch am anderen Ende des Flurs und sein Blut färbte den Boden rot. Hinter mir richtete sich Sara auf. Sie atmete schwer. Die Frau musste völlig verstört sein.

Da wir nun hinter Gagdrar waren, konnte Ian nicht mehr schießen, um uns nicht in Gefahr zu bringen. Ich wusste nicht, was ich tun sollte, aber die Entscheidung wurde mir abgenommen.

Der Dämon war sichtlich geschwächt und hatte offensichtlich nicht damit gerechnet, wie sehr ihn das Schwert verletzen konnte. Sein Kopf zuckte zwischen mir, Ian und dem Werwolf hin und her und man konnte Gagdrar ansehen, dass er seinen nächsten Schritt plante.

Seine Entscheidung überraschte uns alle! Der Dämon richtete seinen Blick auf den Werwolf, murmelte etwas Unverständliches und malte mit der verbliebenen linken Hand ein Zeichen in die Luft. Der Gang verdunkelte sich und Kälte kroch in unsere Glieder. Ich duckte mich und schob Sara zurück. Ein Blitz zuckte aus Gagdrars verbliebener Hand und traf die Brust des Werwolfs. Ein krampfartiges Zucken ging durch den Körper der Kreatur, dann blieb sie regungslos liegen. Es wurde wieder heller und die Temperatur normalisierte sich. Was auch immer Gagdrar getan und ihm den letzten Rest seiner Kraft geraubt hatte, es schien vorbei zu sein.

Mit hasserfüllter Fratze drehte sich der Dämon zu mir um, und ich hob erneut das Kurzschwert, um uns zu verteidigen. Als seine Stimme in meinem Kopf ertönte, sackte ich vor Schmerz zusammen!

›Wir sehen uns wieder! Du wirst keine Sekunde mehr Ruhe haben, und wenn wir uns das nächste Mal begegnen, wirst du sterben, Isaac Kane!‹

Und dann war der Dämon von einer Sekunde auf die andere verschwunden.

51

Für einen kurzen Moment herrschte gespenstische Stille im Gang. Ian stand noch an derselben Stelle, der Arm mit der Waffe in der Hand hing an seinem Körper herab. Ich war immer noch außer Atem und mein Brustkorb schmerzte. Hoffentlich war keine Rippe gebrochen, aber ich hatte sicher Prellungen von dem Aufprall.

West machte einen kleinen Schritt auf mich zu, drehte dann aber den Kopf zu dem Werwolf, der ein Stück hinter ihm im Gang lag. Was hatte Gagdrar getan, bevor er verschwunden war? Hatte er den Wolf getötet? Ich konnte keine Bewegung erkennen und trat einen Schritt vor.

»Vater!«, schrie Sara plötzlich hinter mir. Für einen kurzen Moment hatte ich nicht mehr an sie gedacht. Als sie an mir vorbeilaufen wollte, fing ich sie ab. Auch wenn Sir Frederic seine Tochter vorhin gerettet hatte, hieß das nicht, dass die Gefahr gebannt war. Außerdem wollte ich nach der Begegnung mit dem Dämon nicht noch einmal überrascht werden.

West streckte die Hand aus, um uns zu signalisieren, dass wir warten sollten. Er zog ein neues Magazin aus der Tasche und lud die Waffe durch.

»Was haben Sie vor, Ian?«, fragte ich und ging auf ihn zu, wobei ich den Körper des Werwolfs nicht aus den Augen ließ.

»Wir müssen es jetzt zu Ende führen!«, rief West und richtete seine Waffe auf Sir Frederic.

Ich drehte mich um und sah Sara an. Tränen liefen ihr über das Gesicht und ihr Körper zitterte. Es war ihr Vater, der da auf dem Boden lag, und ich wusste, dass es für sie ein schweres Trauma war, aber sie widersprach nicht. Ich hatte das Gefühl, dass auch sie wollte, dass es hier endet.

»Warum gehen Sie nicht nach draußen, Sara?«, fragte ich sanft und versperrte ihr mit meinem Körper den Weg. Sie musste nicht mit ansehen, wie West ihren Vater erlöste. Ein leichtes Nicken signalisierte Zustimmung und sie wischte sich die Tränen fort. Sie drehte sich um und ging den Weg zurück zur Tür. Immer wieder zögerte sie, ehe sie den nächsten Schritt tat.

»Bleibt es dabei, Isaac, dass ich ihn erlösen soll?«, fragte West und ich nickte. Um mich zu vergewissern, dass wir allein waren, blickte ich noch einmal zurück. Sara hatte fast die Tür erreicht, und dann passierte es!

Mit einem Brüllen sprang der Werwolf unvermittelt auf und stieß mich zurück, wobei er mir mit seinen Krallen eine Wunde an der Brust zufügte. Ich schlug mit dem Kopf gegen die Steinwand. Mit der anderen Klaue schleuderte er West quer durch den Gang gegen die gegenüberliegende Wand. Ian fiel blutüberströmt und scheinbar bewusstlos zu Boden. Seine Pistole flog in hohem Bogen davon. Mit weit aufgerissenem Maul beugte sich der Werwolf nach unten, um West endgültig zu töten, während ich benommen auf die Knie sank und nichts tun konnte!

52

Sara hatte gerade die Tür erreicht, als hinter ihr der Tumult begann. Blitzschnell drehte sie sich um. Die beiden Männer lagen am Boden und der Werwolf schickte sich an, West zu töten. Saras Körper drängte sie zu fliehen und die Männer ihrem Schicksal zu überlassen, ihr Magen war ein einziger Schmerz. Sie musste etwas tun, um das Leben von Kane und West zu retten. Aber das bedeutete auch den Tod ihres Vaters! Und so tat sie das Einzige, was ihr in diesem Moment einfiel …

»Vater!«, schrie sie in den Gang, um das Brüllen der Bestie zu übertönen, die nur Sekundenbruchteile davon entfernt war, ihre Zähne in die Kehle des am Boden liegenden Mannes zu schlagen.

Die Zeit schien in diesem Moment unendlich langsam zu vergehen. Der Werwolf ließ von West ab und richtete sich auf. Wie ein neugieriger Hund legte er den Kopf zur Seite und machte einen Schritt auf die junge Frau zu. Sara nahm all ihre Kraft zusammen, um dem Drang zur Flucht zu widerstehen. Ihr ganzer Körper vibrierte, Schweiß stand ihr auf der Stirn und lief ihr über den Rücken.

Der Werwolf machte noch einen Schritt auf sie zu, und Sara war sicher, in seinen Augen ein Erkennen zu sehen. Er wusste, wer sie war. Und die Kreatur, zu der Sir Frederic geworden war, litt. Genau wie sie, das erkannte sie in diesem Moment ganz deutlich in seinen Augen. Der Schmerz, diese

Kreatur zu sein und nichts dagegen tun zu können. Ein Schmerz, der nur im Tod Erlösung versprach.

Tränen schossen Sara in die Augen, als sie das begriff. Sie hatte niemals darüber nachgedacht, wie sich ihr Vater fühlen musste. Er selbst hatte nie eine Diskussion darüber zugelassen und immer so getan, als hätte er sein Schicksal klaglos hingenommen. Aber das war alles eine große Lüge!

»Es tut mir so leid«, flüsterte sie und streckte eine Hand aus. Der Werwolf senkte den Kopf und drückte ihn gegen Saras Finger. Zärtlich strich sie ihm über das Fell, sicher, dass er ihr nichts tun würde, auch wenn sie immer noch Angst hatte. Für einen kurzen Moment waren sich Vater und Tochter so nah wie seit Jahren nicht mehr.

Dann überwand Kane seine Schwäche und rief Saras Namen. Der Werwolf wandte sich von Sara ab und sprang brüllend auf den Mann zu!

53

Ich wusste nicht, wie viel Zeit vergangen war, seit ich zu Boden gegangen war. Mein Schädel dröhnte und aus einer Platzwunde an der Stirn lief mir Blut ins Auge. Zum Glück hatte ich das Schwert diesmal festgehalten.

Ich rollte mich von der Wand weg und sah Ian ein Stück weiter auf dem Boden liegen. Ich konnte nicht erkennen, ob er noch lebte, sein Gesicht war blutüberströmt. Hoffentlich hatte er den Wurf des Werwolfs halbwegs unbeschadet überstanden. Aber wo war der Wolf und was war mit Sara? Ich musste wissen, ob es ihr gut ging!

Ich richtete mich auf und sah, wie der Wolf ihr gegenüberstand. Doch die Szene, die sich mir bot, war völlig surreal.

Die zwei Meter große Gestalt, deren Krallen den Kopf der jungen Frau mit einem Hieb vom Rumpf hätten trennen können, hatte den Kopf gesenkt und schmiegte ihn an Saras Hand. In diesem Moment hatte ich nur Mitleid mit der Kreatur.

Ich hielt den Atem an. Was sollte ich tun? Sicher, niemand hatte das Tier unter Kontrolle, auch wenn es im Moment friedlich wirkte. Aber das konnte nur eine Momentaufnahme sein, denn Sir Frederic hatte seine Tochter erkannt. Im Bruchteil einer Sekunde konnte alles kippen, und dann waren wir alle in Lebensgefahr.

Obwohl ich das Schwert hatte, das gegen den Dämon mit dem pechschwarzen Gesicht viel wirksamer gewesen war als Ians Waffe, hätte ich am liebsten die Pistole genommen. Ich entdeckte sie nur wenige Zentimeter von Saras Füßen entfernt; sie hätte sich nur bücken und sie aufheben müssen, um sich zu verteidigen.

Während ich so leise wie möglich aufstand, versuchte ich, den Wolf nicht aus den Augen zu verlieren.

In diesem Moment sah ich aus den Augenwinkeln, dass Ian aus seiner Bewusstlosigkeit erwacht war und sich zu bewegen begann. Wenn ich jetzt nichts unternahm, würde die Situation erneut außer Kontrolle geraten und mindestens einer von uns dreien würde dem Werwolf zum Opfer fallen, wenn nicht sogar wir alle.

»Sara«, sagte ich leise, nicht ahnend, dass sich der Wolf in diesem Moment auf mich konzentrieren würde, was er auch tat!

Innerhalb einer Sekunde war ich unter den Muskeln und Zähnen der anstürmenden Bestie begraben und kämpfte um mein Leben!

54

Den ersten Angriff überlebte ich nur, weil ich geistesgegenwärtig mein Schwert hochriss und es dem Wolf quer ins Maul stieß, während er mich umwarf und ich zu Boden stürzte. Allerdings hielt ich es verkehrt herum, so dass die breite Seite der Klinge zu ihm zeigte und er nur leicht verletzt wurde.

Irritiert ließ die Bestie von mir ab. In Todesangst kroch ich auf dem Rücken davon. Der Werwolf folgte mir gebückt, während dunkles Blut aus seinem Maul auf den Boden tropfte. Auf Hilfe konnte ich nicht hoffen, Ian war verletzt und Sara stand immer noch wie erstarrt im Flur.

Ich rappelte mich auf. Jetzt kam mir mein regelmäßiges Boxtraining zugute. Ich sprang zur Seite und stieß das Schwert nach vorne. Die Klinge drang tief in den Oberschenkel des Wolfes ein, der ein schmerzerfülltes Brüllen ausstieß, mir aber unbeirrt folgte. Hinter mir lag nur noch die Zelle, in der Sara ihren Vater eingesperrt hatte, jeder Fluchtweg nach vorne war versperrt. Der Gang war zu schmal, um den Wolf frontal anzugreifen. Ich hatte auch keine Chance, rechts oder links an ihm vorbeizukommen.

So blieb nur der Weg zurück. Immer wieder stieß ich mit dem Schwert zu, aber die Bestie hatte dazugelernt. Obwohl sie mich zurückdrängte, hielt sie immer so viel Abstand, dass ich sie nicht erreichen konnte. Inzwischen hatte auch der Wolf mit seinen Krallen einige Treffer gelandet, meine Arme bluteten auf beiden Seiten und wurden immer schwerer. Ich würde mich nicht mehr lange halten können! Dann wäre der Weg frei, auch Ian und Sara zu töten und in die Nacht zu verschwinden.

Noch einmal wehrte ich mich mit dem Schwert. Blitzschnell zuckte der Wolf zurück und holte sofort wieder aus, um mir einen tiefen Kratzer am Oberschenkel zu verpassen. Ich schrie vor Schmerz auf und wich noch einen Schritt zurück, als ich rücklings über die Reste der zerbrochenen Zellentür fiel.

Ich schlug mit dem Hinterkopf auf den Boden und verlor das Schwert. Triumphierend brüllte der Wolf, und ich schloss mit meinem Leben ab, als drei Schüsse durch den Gang hallten!

55

Meine Ohren dröhnten, und doch spürte ich die Stille, die eingekehrt war. Ich blickte hinauf in das Antlitz des Werwolfs und sah direkt in seine Augen. Das Gefühl, Zufriedenheit und Frieden in ihnen zu lesen, ließ mich lange nicht los.

Der Werwolf stand ruhig vor mir. Seine Arme hingen an seinem Körper herab, aber er machte keine Anstalten mehr, mich anzugreifen. Als ich an ihm vorbei schaute, konnte ich das Blut sehen, das hinter ihm auf den Boden tropfte. Ich kroch ein Stück zurück und rappelte mich mühsam auf. In der Aufwärtsbewegung griff ich erneut nach dem Schwert, obwohl ich mir sicher war, dass die Gefahr gebannt war. Ian musste an die Waffe gekommen sein!

Ohne auf mich zu achten, drehte sich der Wolf um. Ich konnte sehen, dass alle drei Kugeln ihr Ziel gefunden hatten. Ein Mensch wäre längst nicht mehr auf den Beinen, aber die Bestie hatte viel größere Kräfte.

Der Wolf machte einen Schritt, und ich sah, wie Sara langsam die Pistole sinken ließ, mit der sie auf das Monster geschossen hatte, das einmal ihr Vater gewesen war!

Bevor er weitergehen konnte, sank er auf die Knie und fiel auf den Rücken. Mit der tödlichen Wunde hatte die Metamorphose begonnen. Das Fell lichtete sich und der Kiefer bildete sich zurück. Dahinter kamen Sir Frederics schmerzverzerrte Gesichtszüge zum Vorschein.

Schluchzend ließ Sara die Waffe fallen und kniete sich neben ihren Vater. Sie umarmte seinen Körper und wiederholte immer wieder, dass es ihr leidtäte. Währenddessen eilte ich zu Ian.

»Sieht aus, als ob uns die Aufgabe abgenommen wurde, Isaac«, sagte er leise und wischte sich mit einem Taschentuch das Blut aus dem Gesicht. Ich nickte, half ihm auf und kehrte zu Sara zurück.

Die Rückverwandlung war abgeschlossen und Sir Frederic hatte seine alte Gestalt wieder angenommen. Ich holte seinen Mantel aus der Zelle und breitete ihn über seinen nackten Körper. Dankbar nickte er mir zu.

»Ich bin froh, dass du das für mich getan hast, Sara«, hauchte er mit schwacher Stimme. »Ich hatte nie die Kraft und den Mut, mich selbst zu töten.«

Tränen liefen Sara über die Wangen und Sir Frederic wischte sie mit einem Finger weg.

Ian kam zu uns, griff nach meiner Schulter und zog mich sanft nach hinten, damit wir den Abschied zwischen Vater und Tochter nicht störten.

»Es tut mir so leid, Vater«, schluchzte sie, aber ich war überzeugt, auch Erleichterung in ihrer Stimme zu hören, dass diese Last von ihr genommen war.

»Mach dir keine Sorgen. Es ist besser so. Ich liebe dich!«

Mit diesen Worten sank Sir Frederics Kopf zur Seite und er schloss zum letzten Mal seine Augen.

56

Ian und ich blieben noch zwei Tage auf Vincent Manor, um uns um Sara zu kümmern und einige Dinge zu regeln. Natürlich mussten wir dafür sorgen, dass Sara nicht beschuldigt wurde, ihren Vater getötet zu haben. Wer würde ihr schon glauben, dass sie mich vor einem Werwolf gerettet hatte?

Dafür sorgte Ian mit seinen Beziehungen. Er organisierte auch einen diskreten Bestatter und einen Arzt, der Herzversagen als Todesursache angab. Sara erzählte mir, dass sie Alleinerbin des Anwesens und des überschaubaren Vermögens sei, aber nicht wisse, was sie nun tun solle. Ich bot ihr an, dass sie mich jederzeit kontaktieren könne. Die junge Frau hatte mich viel mehr beeindruckt, als ich im ersten Moment zugeben wollte. Ich mochte mir gar nicht vorstellen, was sie in den Jahren durchmachen musste, in denen sie die Verantwortung dafür trug, dass ihr Vater keine Menschen tötete.

Mit dem Leichenbestatter kamen auch einige von Ians Männern, die sich um die Säuberung des Korridors kümmerten. Nur die Hand von Gagdrar nahm Ian an sich, und als ich ihn nach dem Grund fragte, antwortete er ausweichend, dass er damit noch etwas vorhabe.

Als wir aufbrachen, umarmte mich Sara und bedankte sich noch einmal für meine Hilfe. Ich hielt sie so lange in meinen Armen, wie sie wollte, bevor wir uns trennten. Ihr Abschied von West war kühl und zurückhaltend, was wohl auch daran lag, dass er es war, der alles in die Wege geleitet hatte, um Sir

Frederic zu erlösen. Sara erwähnte die Begegnung mit dem Dämon mit keinem Wort, es schien mir, als hätte sie ihren Weg gefunden, mit dem Erlebten umzugehen, indem sie es verdrängte, und ich hoffte für sie, dass es funktionieren würde.

Auf dem Weg zum Bahnhof fragte mich Ian, wie es mir ginge.

»Was denken Sie, Ian?«, antwortete ich. »Ich wurde mit einer Realität konfrontiert, die ich vorher nicht kannte, die für mich sogar ins Reich der Fantasie gehörte. Jetzt muss ich darüber nachdenken, wo ich herkomme, und das alles irgendwie verarbeiten, bevor ich weitermachen kann.«

»Ist Ihnen nicht klar, Isaac, warum ich Sie habe holen lassen?«

Ich schwieg.

»Natürlich habe ich Sie kommen lassen, damit Sie das sehen. Damit Sie wissen, was Ihr Vater getan hat. Damit Sie Ihr Schicksal anerkennen. Ich bin alt, Isaac. Meine Zeit hier ist bald um, und ich brauche einen Nachfolger. Ihr Vater hat so viel geschaffen, und ich habe versucht, es in seinem Sinne weiterzuführen, zu verwalten und zu verbessern. Aber ich bin überzeugt, dass Sie der wahre Nachfolger Ihres Vaters sein sollten. Nein, Sie müssen es sogar.«

Der dunkle Mercedes rollte auf den Parkplatz des kleinen Bahnhofs, wo West mich vor ein paar Tagen abgeholt hatte.

»Und wenn ich nicht will? Oder wenn ich es einfach nicht kann? Ich bin Lehrer und Forscher, kein Kämpfer. Sie haben gesehen, dass ich fast gestorben wäre.«

»Ich weiß, was Sie leisten können, Isaac, und wir werden Sie ausbilden. Denken Sie darüber nach. Ich melde mich bei Ihnen. Und jetzt gehen Sie nach Hause und ruhen sich aus.«

Ich stieg aus, winkte West zum Abschied zu und nahm meine Tasche, die mir der Fahrer hingestellt hatte.

Der Zug fuhr bereits in den Bahnhof ein, und ich musste mich beeilen, um ihn nicht zu verpassen.

Auf meinem Platz dachte ich lange über das Erlebte nach. Als ich zu Hause die Tasche öffnete, fand ich darin das Kurzschwert meines Vaters, das Ian mir in mein Gepäck geschmuggelt hatte!

Epilog

Es war fast Mitternacht, als endlich das Telefon klingelte. Ian West schreckte aus seinem Sessel hoch, offenbar war er doch eingeschlafen. Er griff zum Hörer und meldete sich.

»Guten Abend, Sir!«

»Guten Abend, Mr. West. Ich hoffe, ich habe Sie nicht geweckt«, meldete sich die Stimme am anderen Ende der Leitung. Wie üblich ließ der Tonfall keine Rückschlüsse auf die Stimmung des Gesprächspartners zu.

»Kein Problem, Sir. Ich habe Ihren Anruf erwartet. Reicht Ihnen ein kurzer Bericht oder ...«

»Ein kurzer Bericht reicht angesichts der Uhrzeit sicher aus. Ist alles nach Plan verlaufen? Was weiß er beziehungsweise was haben Sie ihm gesagt?«

»Er weiß, wer seine Eltern waren und was sein Vater gemacht hat. Wie wir erwartet haben, gab es einige Zwischenfälle während des Kampfes, weil er natürlich nicht trainiert ist. Aber ich denke, dass wir das in den Griff bekommen, wenn er sich für das Richtige entscheidet. Das Auftauchen von Gagdrar hat mich kurz aus dem Konzept gebracht. Anscheinend haben wir ihm jetzt Kanes Aufenthaltsort verraten, aber er muss erst einmal seine Wunden lecken.«

Es entstand eine Pause. Ian hörte ein statisches Rauschen und das leise Knacken, das signalisierte, dass die Leitung abhörsicher war. Worüber dachte der Anrufer nach?

»Glauben Sie, dass Sie Kane unter Kontrolle halten können, Mr. West?«

»Davon bin ich überzeugt. Tief in seinem Inneren will er für das Gute kämpfen.«

»Er kennt jetzt seine leibliche Mutter, aber wer sein wahrer Vater ist, haben Sie ihm nicht gesagt?«

West zögerte einen Moment. Hatte man das von ihm erwartet?

»Nein, Sir«, antwortete er. »Ich habe es bewusst nicht getan, weil ich überzeugt bin, dass sich die Gelegenheit erst noch ergeben muss.«

»Und wenn die andere Seite die Oberhand gewonnen hätte?«, fragte der Mann am anderen Ende der Leitung.

»Sie wissen, Sir, dass meine Männer vor Ort waren«, verteidigte sich West. »Ich war nie wirklich in Gefahr, jedenfalls nicht durch Isaac Kane. Ich habe nie geglaubt, dass die schwarze Seite in ihm plötzlich zum Vorschein gekommen wäre. Und wenn, dann hätten meine Männer ihn auf der Stelle getötet. Kane ahnte nicht einmal, dass wir nicht allein waren. Aus meiner Sicht ist das Experiment geglückt und wir können weitermachen wie geplant.«

Der Mann am anderen Ende der Leitung schwieg lange, bevor er fortfuhr: »Ich will, dass Kane seiner Aufgabe gerecht wird. Und ich erwarte von Ihnen, dass Sie ihn dazu bringen. Wenn er nicht auf unserer Seite ist, kann er auf keiner Seite sein. Und das bedeutet auch, dass es für ihn keine Neutralität mehr geben kann.«

Das Klicken in der Leitung verriet, dass der Gesprächspartner aufgelegt hatte.

Ian West saß an diesem Abend noch lange in seinem Büro und dachte über die Zukunft von Isaac Kane nach.

ENDE

Isaac Kanes Leserseite

Die Serie *Dämonenjäger Isaac Kane* ist eine bewusste Hommage an die Heftromanserien der 70er und 80er Jahre. Etwas, das ich als Leser immer sofort angeschaut habe, wenn ich ein neues Heft meiner Lieblinge wie *John Sinclair*, *Tony Ballard*, *Der Hexer* oder *Larry Brent* in der Hand hatte, war die Leserseite. Gerade der Austausch der Autoren oder Redakteure mit den Leserinnen und Lesern, das Einfordern und Aufgreifen von Vorschlägen oder auch die Diskussionen darüber, welche Figuren aufgewertet werden oder sterben sollten, hat mich immer fasziniert und begeistert.

Vor allem, wenn sich die Autorinnen und Autoren wirklich dafür interessierten, was den Fans an der Serie gefiel oder auch nicht, dann ging der Kosmos der Serie über das Papier hinaus, auf dem sie gedruckt wurde.

Und genau das möchte ich mit *Dämonenjäger Isaac Kane* erreichen! Auch wenn ich als Autor in erster Linie selbst Spaß daran haben möchte, meine Serie zu schreiben und weiterzuentwickeln, ist mir Dein Feedback (ja, ich schaue Dich gerade an!) wichtig. Ich freue mich, wenn Dir die Serie gefällt und Du sie weiterempfiehlst. Ich freue mich aber auch, wenn Du Vorschläge hast, wie *Dämonenjäger Isaac Kane* in Zukunft aussehen könnte!

Welche Gegner interessieren Dich? Wie findest Du das Konzept der Serie bisher? Wovon bist Du mehr Fan – mehr Action oder mehr Atmosphäre? Oder, oder, oder …?

Als Entwickler einer Geschichte schreibt man zunächst immer für sich selbst. Aber wenn man sich dazu entschließt, seine Ideen mit Leserinnen und Lesern zu teilen, ist der konstruktive Austausch meiner Meinung nach ein wichtiger Teil der Weiterentwicklung – vor allem, wenn es sich um eine Serie handelt, die bewusst mit einigen Geheimnissen gestartet wurde und viel Potenzial bieten soll. Also – fühl Dich herzlich eingeladen, Teil der Welt von Isaac Kane zu werden! Bring Dich ein und hilf mit, die Welt unseres Helden noch interessanter zu machen. Und vielleicht hilft die Leserseite ja auch, Kontakte zwischen den Fans zu knüpfen – so wie es bei meinen oben genannten Vorbildern oft der Fall war!

Achtung: Bitte keine Nachrichten per Post! Für Fragen, Anregungen und Kontaktaufnahme bitte immer die unten stehende Mailadresse verwenden – vielen Dank!

---

isaac-kane@schreibwerkstatt-gilga.de

Bitte teile mir mit, wenn ich Deinen Leserbrief NICHT oder nur anonym veröffentlichen soll, da ich sonst bei allen Einsendungen davon ausgehe, dass eine Veröffentlichung auf der Leserseite gewünscht ist! **Dann habe ich noch eine persönliche Bitte, die mir als Self-Publisher sehr hilft. Wenn dir der Roman gefallen hat, würde ich mich über eine positive Rezension auf Amazon sehr freuen. Aber wie gesagt, nur wenn du magst und es dir gefallen hat.**

Bevor wir zu den Leserbriefen kommen, noch ein Hinweis in eigener Sache, der für die gesamte Serie gilt. Dies ist ein fiktionales Werk. Es wird immer Dinge geben, die mit der realen Welt zu tun haben, aber ich nehme mir als Autor natürlich die Freiheit, Dinge fiktiv zu gestalten und gegebenenfalls so anzupassen, dass sie in den Kosmos der Serie passen. In diesem Band gibt es einen Verweis auf die Koestler Parapsychology Unit an der Universität Edinburgh. Tatsächlich gibt es diese Abteilung dort, aber sie wurde erst 1985 gegründet. Daher habe ich mir die Freiheit genommen, in dem fiktionalen Konstrukt der Serie die Gründung auf eine Zeit vorzuverlegen, in der Isaac Kane studierte. Ich hoffe, ihr seht mir dies nach.

Zuerst bedanke ich mich für die netten Zeilen und das Lob von **Joachim**, der sich auf die nächsten Bände freut und unter anderem schreibt:

Jetzt hab ich den Teaser gelesen und bin bereit für mehr. Neugierig und gespannt trifft es natürlich etwas genauer. Es ist dir in diesem kurzen Text einiges gelungen. Mir Ian West vorzustellen und näher zu bringen und ihn sympathisch zu finden. Eine spannende und atmosphärisch gruselige Kellerstimmung zu erzeugen. Vom Friedhofsgang mal abgesehen. :-) Deine Beschreibungen erzeugten für mich eine Tiefe und Nähe zu Person und Handlungen. Ich freue mich auf die nächsten Storys.

Danke, Joachim. Wir haben uns ja schon über Facebook ausgetauscht und bin froh, gerade Fans wie Dich mit der Serie begeistern zu können.

Bei **Ulf** bedanke ich mich für die nette Rezension für Band 0 auf Amazon und freue mich natürlich auch über Feedback zu diesem Band.

Franz Josef, dem ich gern den Wunsch nach einem signierten Band 0 erfüllt habe, schreibt auch tolle Zeilen, für die ich mich nur herzlich bedanken kann:

Ich habe die Nummer 0 gelesen. Wobei ich sagen muss, es ist ja doch keine Nullnummer. Dieser Band war wie ein gutes Gericht, schmackhaft, gut gewürzt, gute Zutaten und macht den Mund wässrig auf mehr. Atmosphärisch dicht geschrieben und spannend. Auch die Vorschau auf Band 1 deiner neuen Serie macht schon Lust auf mehr. Freue mich darauf. Vielen Dank für die kurze Auszeit vom Alltag.

Ich bin gespannt, wie Dir Band 1 gefallen hat oder, falls Du die Leserseite zuerst liest, gefallen wird.

Den Abschluss heute bildet **Oliver,** bei dem ich doch einige Parallelen zu mir entdecke. Auch Dir natürlich vielen Dank für das Lob – gerade bei Autorenkollegen ist das noch einmal etwas ganz besonderes.

Nach dem Lesen von „Band 0" bin ich immens gespannt auf das erste Abenteuer Deines Helden und darauf, was ihn – und uns Lesende – erwarten wird. Als ich das erste Mal von Isaac Kane hörte bzw. las, weckte das sogleich nostalgische Erinnerungen in mir. Schließlich waren es zwei Herren, die noch zu Schulzeiten meinen besten Kumpel und mich auf die Idee brachten, selbst „so etwas" zu schreiben. Die beiden hießen John Sinclair und Tony Ballard. Schon bald hatten wir unsere „eigenen" Helden erfunden und sammelten seitenweise Ideen und coole Titel für unsere Heftromanserien. Daraus wurde zwar letztlich nichts, aber immerhin konnte ich Mitte der 90er meine ersten Kurzgeschichten in der JS-Drittauflage veröffentlichen. Der Anfang war gemacht... Wie war das eigentlich bei Dir? Wann entstand die Idee zu Isaac Kane? Auf wie viele Bände ist die Serie geplant – oder open end? Die Idee mit der „Leserseite" gefällt mir sehr gut, das bietet Gelegenheit für gegenseitigen Austausch.

Da ich wahrscheinlich ein wenig älter bin als Du, war es noch die JS-Zweitauflage, wo ich meine erste Geschichte veröffentlichen konnte. Ich schrieb sie mit zwölf, war vierzehn, als sie erschien (also um 1983) und falls ihr interessiert seid – ihr findet sie im Band 92 (Der Totenbeschwörer). Der Redakteur wollte damals noch eine weitere Geschichte herausbringen, was sich dann aber leider zerschlagen hat. Die Idee zu Isaac Kane entstand schon sehr lange, aber bisher hatte ich immer Kurzgeschichten für Freunde, Familie und mich geschrieben. Vor Corona begann ich, diese in einem Band zusammenzustellen, doch als ich an Corona erkrankte, hatte dies auch immense Auswirkungen auf meine Kreativität und der Band liegt seitdem. Um dann aber wieder meinen Kopf zu trainieren, dachte ich, Isaac Kane wäre genau das Richtige dafür. Grundsätzlich ist Open-End geplant – wie man hoffentlich Band 1 entnehmen kann, sind da doch einige Rätsel im Hintergrund, die es zu lösen gilt. Das Serienkonzept ist umfangreich und ausbaufähig. Und wer weiß – vielleicht gibt es ja irgendwann auch einmal Gastautoren, die einen Band beisteuern wollen.

Vorschau

»Dämonenjäger Isaac Kane« – Wird Isaac seiner Bestimmung folgen? Verpasse auf keinen Fall Band 2:

Manchmal kehrt das, was lange tot war, zurück, um über die Menschen herzufallen. Doch wie ist es, wenn sich mächtige Gegner im Hintergrund einen perfiden Plan ausdenken, um einer neuen Bedrohung zu trotzen? Und die dafür Mittel einsetzen, die selbst für sie nicht kontrollierbar sind … Wird Isaac Kane sich seiner Bestimmung stellen und den aussichtslos scheinenden Kampf gegen Kräfte aufnehmen, die er noch gar nicht versteht?

»Die Rückkehr des Gehenkten« erscheint in wenigen Wochen. Erlebe, wie Isaac Kane von den Ereignissen auf Vincent Manor eingeholt und zum Ziel dämonischer Rachepläne wird. Wird Isaac an dem zerbrechen, was ohne Vorwarnung in sein Leben getreten ist? Und wer ist wirklich sein Freund in diesem gefährlichen Spiel auf Leben und Tod? »Die Rückkehr des Gehenkten« – Begleite Isaac Kane auf seiner Reise in die Welt hinter den Schatten …

Zum Autor

Ulrich Gilga, Jahrgang 1969, liebt zwei Dinge ganz besonders: das Lesen und das Schreiben. Schon als Kind tauchte er in die Welten von Autoren wie Jules Verne oder Karl May ein. Alles, was spannend klang, wurde verschlungen! Gilgas Kindheit war geprägt davon, eigene Geschichten zu erzählen, Welten zu erfinden und Menschen damit zu begeistern. Natürlich spielten die ersten Storys dort, wo er sich auskannte: In den Tiefen des Meeres, auf dem Weg zum Mittelpunkt der Erde oder im Wilden Westen.

Doch dann ereilte den jungen Autor ein Weckruf, dem er sich bis heute nicht entziehen kann: Die ZDF-Reihe »Der phantastische Film«, in der Vampire, Werwölfe, Außerirdische und Monster regelmäßig im Fernsehen ihr Unwesen trieben. Grusel, Horror und Fantasy – dafür schlägt sein Herz.

Die Entdeckung des Grusel-Heftromans war da nur eine logische Konsequenz. Wann immer es Gilga möglich ist, nutzt er die Möglichkeit, sich aktiv an der Entwicklung der Serien zu beteiligen, sei es durch Leserbriefe mit Vorschlägen oder durch selbst verfasste Kurzgeschichten. Autoren wie Stephen King, H.P. Lovecraft, Clive Barker oder Dean R. Koontz sind auch aus seinem Bücherregal nicht wegzudenken. Genre-Fans werden auch die eine oder andere augenzwinkernde Hommage an die großen Meister in Gilgas Werken entdecken.

In Wirklichkeit arbeitet Ulrich Gilga allerdings in einer leitenden Position in einem deutschen Großkonzern. Das Schreiben gehört zu ihm wie seine Familie. Mit seiner Frau Andrea Hagemeier-Gilga, selbst Autorin und Filmemacherin, sitzt er oft zusammen und brütet Ideen für neue Geschichten, Serien oder Filme aus – immer umgeben von ihren Katzen.

Mit »Dämonenjäger Isaac Kane«, seiner Hommage an die Horror-Heftromane der 70er- und 80er-Jahre, begeistert er alteingesessene Genre-Liebhaber und solche, die es werden wollen. Gilga schafft eine Brücke zwischen alter Tradition und Modernität – seine Werke sind als Einstieg in die Phantastik durchaus auch für jüngeres Publikum geeignet.